新雅
名著館

小婦人

原著　露意莎·梅·奧柯特〔美〕
撮寫　宋詒瑞

新雅文化事業有限公司
www.sunya.com.hk

世界名著——啟迪心靈的鑰匙

文學名著，具有永久的魅力。一代又一代的讀者，曾從中吸取智慧和勇氣。

面對未來競爭性很強的社會，少年兒童需要作好準備，從素質的培養、性格的塑造、心理承受力的加強、思維方式的形成、智力的開發，以及鍛煉堅強的意志，都是重要的課題。家庭教育的單調、學校教育的局限、社會教育的不足，使孩子們面對許多新問題感到困惑。而文學名著向小讀者展現豐富的世界，通過書中具體的形象、曲折的情節，學會觀察人、人與人的關係，和錯綜複雜的社會矛盾。可以說，文學名著是人生的教科書，它像顯微鏡一樣，照出人的內心世界和感覺。通過書中人物的命運，了解社會，體會人生，不知不覺地得到啟迪心靈的鑰匙。而名著中文學的美，語言的美，更是滋潤心田的清泉。

然而，對於年紀尚小的讀者來說，這些作品原著的篇幅有些長，這套縮寫本既保留了原著的精髓，又符合小讀者的能力和程度，是給孩子開啟文學大門的最佳選擇。

著名兒童文學作家
冰心獎評委會副主席　葛翠琳

故事導讀

《**小婦人**》寫的是美國南北戰爭時期，北方一個牧師家庭中四個女兒成長的故事。

這家的四個女孩各有其性格特點、興趣愛好，但她們相親相愛、互相關懷；她們各自有缺點和弱點，有的貪圖虛榮、有的脾氣急躁、有的性格內向、有的十足一個被寵壞的嬌小姐，她們之間還常常產生矛盾、爆發爭吵，但她們終能反省自己、克制自己，維護家庭的和諧融洽。她們的家庭不富裕，但她們安貧樂道，還常常幫助鄰人，樂在其中。她們的父親遠在外地服役軍中，不能照顧家庭，但這四個女兒懂得如何幫助母親，為家庭盡責。最終，她們各自明智地、自由地選擇了自己的生活道路，離開家庭自立。

作者以平實溫馨的手法，寫出四姐妹在父母悉心教育引導下，如何成長為小婦人的過程，其中生動描述了青少年間的親情、友情和愛情經歷，強調個人尊嚴和自律自立的重要，體現了奮發有為的美國精神。

本書出版一百多年以來仍深受讀者喜愛，像磁石般聯繫着兩代人，打動着一代又一代讀者的心，並不斷被拍成電影、電視、卡通片集，風行世界各地。有人說，世上幾乎每一個少女都讀過這本書。

本書是第一次以撮寫本的形式，綜合了《小婦人》第一及第二部的內容，集為一冊，呈獻於讀者面前。

目錄

第一章　馬家四姐妹 6

第二章　愉快的聖誕節 14

第三章　舞會 22

第四章　各人的煩惱 31

第五章　拜訪鄰家 41

第六章　珍貴的禮物 50

第七章　艾美受辱 59

第八章　喬的懺悔 66

第九章　瑪琪的教訓 74
第十章　實驗生活 82
第十一章　兩個秘密 89
第十二章　一封電報 97
第十三章　貝絲染病 104
第十四章　團圓 110
第十五章　瑪琪的婚事 117
第十六章　喬的支票 124
第十七章　小主婦的苦惱 130
第十八章　紐約的生活 136
第十九章　傷心事 143
第二十章　收穫季節 150
- 故事討論園 157
- 擴闊眼界 158
- 作者小傳 159

第一章

馬家四姐妹

知識泉

壁爐：就着牆壁砌成，供生火取暖的設備，有煙囱通到室外。暖氣發明之前，歐美各國冬日以此取暖禦寒。

那是個冬日的黃昏。窗外飄着雪花，屋裏暖洋洋的。四個女孩圍坐在壁爐前，編織着綠色的軍襪。

「沒有禮物的聖誕節，還算什麼聖誕節呢？」躺在壁爐前小地毯上的喬，停下手中的工作，咕噥着說。

她的大姐瑪琪望望自己身上的舊衣服，歎息道：「唉，貧窮是最可怕的了！」

小艾美也傷感地說：「為什麼有些女孩什麼都有，有些女孩卻什麼也沒有，太不公平了！」

坐在角落裏的貝絲卻心滿意足地說：「可是我們有爸爸、媽媽，還有彼此啊！」

喬的聲音很憂鬱：「我們的爸爸……不知什麼時候才能見到他哩！」她沒有說出大家最擔心的一句話——也許會永遠見不到他了，因為他遠在前方打仗

呢。

大家靜默了一會兒，瑪琪開口說：「你們知道媽媽為什麼說今年聖誕不送禮？那是因為軍人在戰場上受苦，她要我們不要只顧自己玩樂，不要浪費金錢。」

「我倒不期望媽媽送我禮物。我們每人不是有一塊錢嗎？我想去買那本講宇宙奧秘的書，我已盼了好久了。」讀書蟲喬說。

「我想買一些新樂譜。」貝絲輕聲說。

「我打算買一盒圖畫鉛筆，我真的很需要。」艾美表示。

「對呀，我們工作得這樣辛苦，也該買點自己喜歡的東西來快樂一下。唉，我整天對着那些無法無天的孩子，不知有多討厭呢！」做家庭教師的瑪琪抱怨說。

「你的苦惱還沒有我的一半呢！和一個**神經質**[①]的老太婆生活在一起，有時真氣得想從窗口飛出去哩！」一提起僱主馬老太，喬就有氣。

---

①**神經質**：指人的神經過敏、膽小怯懦、情感容易衝動。

「你們在外面，哪知道在家的苦呀？我整天洗碗碟、擦桌椅，手指都僵硬得沒法彈琴啦！」貝絲撫摸着自己一雙粗糙的手，重重地歎息着。

「你們都比我好得多！」艾美叫道，「你們不用上學，不用面對那些傲慢的女孩，她們會恥笑你不入時的舊衣服，會給你的窮父親起外號，會譏笑你的鼻子不好看……」艾美的鼻子扁扁的，不像姐姐們的那麼高而直，她對此一直耿耿於懷，認為是在**襁褓**[1]時喬抱着她摔倒在地造成的。

「爸爸不損失那筆錢就好了，以前我們家的日子也是過得不錯的呀！」瑪琪説。

「爸爸是因為辦學校失敗而破產的。他是好人，我們應該以他為榮。」喬吹着口哨站起身來。

瑪琪以大姐的口吻教訓她：「喬，你不是個小女孩了，你已梳起髮髻，是個大姑娘了，別再像個男孩子似的粗魯！」

「梳起髻就算大姑娘嗎？那

知識泉

髮髻：挽束在頭頂或腦後的頭髮，可盤成各種不同的形狀。一般認為這是女子成年後的打扮。

[1] **襁褓**：包裹嬰兒的被子和帶子，泛指嬰兒時期。

我寧願再拖着兩根辮子直到二十歲！」喬扯下髮網，一頭長長的棕髮散落下來，「假如我是個男孩就好了，可以跟爸爸一同去前線打仗。」

這就是馬家的四姐妹——大姐瑪琪十六歲，生得很美，有白皙的皮膚、豐滿的臉蛋和一雙纖纖玉手。喬比大姐小一歲，高大瘦削，好似一匹小馬；她那雙尖鋭的沉思的灰眼睛，有時卻顯得有些兇猛；那頭長髮是她惟一的美麗之處。十三歲的貝絲臉色紅潤，有一頭軟髮，她神情嬌羞，總是輕聲細語的，怕見陌生人。最小的艾美十二歲，長着一雙湛藍的眼睛和一頭金髮，儼然是個小公主，是全家寵愛的小寶貝。她們的家是一所舒適的舊房子，雖然家具樸實，地毯也變了色，但布置得雅淨整潔，洋溢着和平歡樂的氣氛。

時鐘敲了六下。貝絲拿出媽媽的拖鞋來，放在火爐上烘暖，喬拿起鞋看了看，説：「這雙拖鞋已經這樣破舊，媽媽該換雙新的了。我來買吧。」

姊妹們搶着説要由自己來為媽媽買拖鞋，貝絲想了個好辦法：「拖鞋就由喬來買，我們各自去買件禮物送給媽媽，自己的就不買了。」

大家想了片刻。

「我要買一副好看的手套給媽媽。」瑪琪說。

「我買軍用鞋。」喬說。

「我買幾條繡花的手帕。」貝絲說。

「我買一小瓶香水，可能還有些剩錢，可以買一盒鉛筆。」艾美在精打細算。

接着，喬指揮大家排演聖誕節演出的那齣戲：「艾美，你再練練『昏倒』的那場，別死死板板的像根火柴一樣的倒下，太不自然了！」

「沒辦法呀，我沒見過別人昏倒過，我也不願意那樣難看的倒下，還不如跌在椅子裏呢。」艾美辯解說。她被指派演這角色，是因為她最小最輕，昏倒後很容易被男主角拖下台去。

知識泉

莎翁：即威廉·沙士比亞，英國文藝復興時期的詩人和戲劇家。一生創作了四十一部戲劇、兩首長詩和其他短詩，是世界文學的瑰寶。

貝絲來解圍：「喬，你真比得上莎翁了，劇本寫得那麼動人！」

喬謙虛地答道：「這不算什麼。如果我們有活板門的話，我倒想演《麥克白斯》，我最喜歡行刺這一幕。」喬手舞足蹈起來。貝絲看得出神，竟把媽媽的拖鞋放到烤麵包架子上去了。大家見了，一

陣哄笑。

「孩子們，你們真開心呀！」門口傳來一個快樂的聲音，引得大家都轉過臉去。

「媽媽回來了！」門口這位高大慈祥的婦人，雖然戴着舊式大帽、披着暗灰色斗篷，卻是她女兒們心目中最美最可愛的人物。

知識泉

《麥克白斯》：莎士比亞於1606年發表的悲劇，主角是1040-1057年在位的蘇格蘭國王麥克白斯。

斗篷：披在肩上的沒有袖子的外衣。

馬夫人慈愛地吻着孩子們，換上了貝絲烘暖了的拖鞋，坐在安樂椅裏，幸福地望着圍在身旁的四姐妹：「吃過晚飯，有好東西給你們！」

「信，爸爸的信！」喬跳起來喊道。

為了早點兒看到信，大家趕忙吃飯。喬慌得居然把塗了牛油的麪包掉在地毯上；貝絲更是焦急得吃不下去了。

飯後，她們坐在火爐旁，只有喬站在媽媽椅子背後，為的是不想讓人看見她聽唸信時可能會奪眶而出的眼淚。

父親的信上沒有説戰場上的危險和軍營生活的艱苦，也沒寫旅途的寂寞和對親人的思念。這是一封充滿快樂和帶着希望的長信，信中描繪了軍隊生活的很多趣事，報告了一些新聞，最後表現出對女兒們的愛護與關懷，特別提出，要女兒們不可忘記身為「小婦人」的驕傲和責任：要孝順母親，要與自己心中的惡

魔鬥爭，要忠於自己的工作……使一年後的見面更快樂。

每個孩子都被感動得哭了，想着要如何做得使父親滿意，不要對不起遠方的父親。

後來她們合力為姑婆縫牀單，工作雖單調，但誰也沒怨言。九點鐘，該上牀了。她們照例圍着母親唱一首古老的晚安曲，貝絲彈琴伴奏，也只有她才有辦法在那架破舊鋼琴上彈出曲調來。

知識泉

姑婆：父親的姑母，即祖父的姐妹。

第二章

愉快的聖誕節

知識泉

長襪子：歐美習俗，聖誕節前夕，孩子們若是把長襪掛在牀頭、牀尾或是壁爐旁，聖誕老人當晚會從煙囱進來，在襪子內塞進禮物。

聖誕節早上，喬第一個醒來。她向壁爐望去，啊呀，那裏沒有長襪子掛着，不免使她有些失望。但她的手碰到了枕頭下的一件硬物，取出一看——是一本紅色硬封面的書，上面有媽媽寫上的幾句話。喬很高興得到它，她知道這本書裏有着許多美麗古老的故事，是漫長人生路的**指南**[1]。

喬把瑪琪叫醒，說了聲：「聖誕快樂！」要她看看枕頭下面有些什麼。果然，瑪琪也發現了同樣一本書，不過是綠封面的。過了一會兒，貝絲和艾美也醒了，也在枕頭下找到了媽媽留給她們的禮物——一本藍封面和一本灰封面的書。瑪琪鄭重其事地說：「母

[1] **指南**：比喻辨別方向依據。

親是要我們愛護這些書、閱讀這些書，並牢記裏面的內容。讓我們從現在開始吧，每天醒來後讀一些，這對我們是很有好處的。」

於是四個女孩坐在桌前讀起書來。房間裏很安靜，只聽到書頁輕翻的聲音。這時，冬日可愛的陽光射了進來，照在她們純潔的臉上。

後來，她們下樓去找母親，要向她道謝，卻到處找不到母親。傭人哈娜說：「剛才有個窮男孩來要東西，太太不放心，跟他上他家去了。天下沒有人像太太這樣慈悲心腸的！」哈娜在馬家工作十幾年了，全家人早已不把她當作傭人看待，而像是一家人一樣。

在等媽媽回來共進早餐的這段時間，女孩們就各自整理好準備給媽媽的禮物，綁上根絲帶呀、插上朵玫瑰花呀，弄得漂漂亮亮的。奇怪，怎麼艾美一下子不見了？

門鈴一響，艾美頭戴大帽、身穿大衣從外面進來。這一向貪懶的艾美一早去哪兒了？

艾美慚愧地說：「別笑我，我不想做一個自私的人，所以把所有的錢都貼上，換了一個大瓶的香水來送給媽媽。」大家都來擁抱她，説她真是個「好人」。她們把所有的禮物放在一個籃子裏，把籃子藏在沙發後面。

媽媽回來了，她臉色凝重地對圍坐在餐桌邊的女兒們説：「我要告訴你們一件事：附近有一戶姓赫墨爾的很窮的人家，母親剛生下一個嬰兒，他們沒有火爐，還有六個小孩擠在一張牀上取暖。他們又凍又餓，沒有吃的。你們願意把我們的早餐送給他們作聖誕禮物嗎？」

大家聽了大吃一驚，因為她們等這頓早餐等了一個多小時，現在也正饑腸轆轆呢！

喬爽快地説：「好哇！還好我們還沒動手吃這些食物。」

貝絲問：「我們能不能也去，把食物送給那些可憐的孩子？」

馬太太滿意地微笑着：「我早知道你們會同意的。你們一起去幫我，回來後我們可以吃麪包和牛奶，晚上我想辦法做點好吃的補償你們。」

瑪琪和哈娜迅速把奶油、鬆餅、蛋糕、麥片等食

品放進提籃，一行人就出發了。

到了赫墨爾家，女孩們被眼前的景象嚇呆了，她們見到了真正的貧窮——房子十分破舊，四壁蕭條，窗玻璃也打碎了，屋裏冷冰冰的。一個婦女抱着個嬰兒在啜泣，一個面黃肌瘦的小孩擠在一條千瘡百孔的被子下，他們嘴唇都凍得發紫了。

她們趕快行動：哈娜用帶來的木頭生了火，並用木板和舊布堵好窗上的破洞，馬夫人餵產婦喝湯，又給嬰兒換上乾淨的衣服；女孩們擺開食物，照顧孩子們進食。「多好吃啊！」「她們都是安琪兒啊！」可憐的孩子們一邊大嚼，一邊喊着。四姐妹聽到這樣熱情的稱呼，心中十分快樂。雖然她們一口也沒吃到，但這是一頓非常愉快的早餐。當她們走回家時，一路上又唱又跳。雖然肚子還餓着，但她們仍然覺得自己是全城最快樂的人。

回家後，馬夫人忙着翻找一些衣服給赫墨爾家，女孩們在餐桌上擺出了她們給媽媽的禮物。

知識泉

安琪兒：即天使，猶太教、基督教、伊斯蘭教等宗教中神的使者。在西方文學藝術中，天使的形象多為帶翅膀的少女或小孩，現也常用來比喻天真可愛的人。

幾包小小的東西不算漂亮，但滿含着真切的愛。桌上的花瓶裏又插上了紅的玫瑰、白的菊花和曳着長條的葡萄藤，顯出一股淡雅動人的風韻。

貝絲彈奏起她最得意的進行曲，艾美打開門，瑪琪鄭重其事地把母親領進來。馬夫人又驚奇又感動。她坐下來解開禮物，讀了每張附箋，高興得熱淚盈眶。她立刻穿上那雙新拖鞋，在手帕上灑了些艾美送的香水，放進口袋；紅玫瑰插在胸前，那副手套戴起來大小剛剛好！

知識泉

進行曲：適合於隊伍行進時演奏或歌唱的樂曲，節奏鮮明，結構嚴整，由雙數拍子構成。

餐桌上雖然只有牛奶和麪包，但是充滿着歡笑，每個人的心頭都是甜絲絲的。

接下來的時間，她們全力準備晚上的演出，忙得不可開交。她們沒有錢去添置表演用的道具服裝，一切都是發揮自己的聰明才智做出來的：牛酪瓶糊上銀紙成了古式燈，**馬糞紙**①做成吉他，舊棉袍上點綴小洋鐵片當作鑽石，盔甲也是用硬紙剪成的。

①**馬糞紙**：黃紙板的俗稱，因其黃色及質地粗糙似馬糞而得名。

因為禁止男人入場，所以全部男角都由喬反串擔當，她還負責服飾和管理舞台，忙得團團轉。

那天晚上，有十二個姑娘被邀來看戲，她們擠坐在一張帆布牀上，算是她們的「包廂」。面前吊着一塊黃色和藍色的印花布算是幕，由四姐妹演出喬自編自導自演的一齣歌舞劇。那是一次精彩的演出，雖然出了幾個錯誤和小意外，卻增加了大家的歡笑聲。劇終時，觀眾就像對真戲台上演出的戲劇一樣，大聲地拍手叫好。

知識泉

反串：戲劇演員臨時扮演自己行當以外的角色，現常指男扮女角，或女扮男角。

包廂：某些劇場裏特設的單間席位，一間有幾個座位，都在樓上。

在熱烈的歡呼聲中，貴賓席的「包廂」不堪重負，「碰」地一聲塌了下來，演員們都嚇得急忙撲身相救。姑娘們一個也沒有受傷，只是笑得直嚷肚子疼。正在這時，哈娜上來招呼大家下去吃晚飯。

一伙人來到飯廳，見到滿桌豐盛的食物都驚呼起來。自從馬家**家道中落**[①]後，餐桌上再也沒有出現過這麼琳瑯滿目的點心——蛋糕、餅乾、水果、糖果，

[①]**家道中落**：家境由盛到衰，經濟狀況變壞。

冰淇淋都有紅、白兩盆，桌子中央還有四大束剛從溫室剪下的鮮花！

艾美瞪着食物說：「難道是仙女變的嗎？」

「一定是聖誕老人送來的！」貝絲說。

「是媽媽做的吧！」瑪琪笑着說。

喬肯定地說：「馬姑婆，一定是她！」

媽媽這才開腔：「是隔壁勞倫斯老先生送來的！

哈娜把你們今天早上救濟窮人的事告訴了他家的僕人。老先生知道後大為感動，派人送來這些東西，表示對你們一片愛心的讚賞。」

「聽説這位老先生脾氣古怪，他的孫子看來倒是個不錯的孩子，以後我們可以請他來家玩。」姑娘們議論着。於是她們心滿意足地吃了起來。

第三章

舞會

知識泉

閣樓：在較高的房間內上部架起的一層低矮的樓。

「喬，喬，你在哪裏？」瑪琪邊叫邊跑上閣樓。

喬在看一本小說，她正被故事情節感動得淚流滿面。這個幽靜的閣樓是喬心愛的地方，她常常帶一本好書和幾個蘋果，來這裏消磨半天，享受恬靜閱讀的樂趣。見瑪琪上來，喬拭去臉上的眼淚。

「你看，賈夫人明天舉行除夕舞會，請我倆去，多有趣啊！」瑪琪揮舞着那張請帖，上面寫着：

除夕之夜，寒舍將舉行舞會，敬請屆時光臨，不勝欣幸。

此致

馬瑪琪、馬喬兩位小姐

賈迪拉夫人啟

「媽媽已經答應讓我們去了，我們該穿什麼衣服好呢？」瑪琪發愁得很。

「我們只有府綢衣服呀！」喬含着滿嘴蘋果回答。

「如果我現在有件絲綢衣服就好了！」瑪琪歎息道，「媽媽説我十八歲時也許可以有一件，可是還得等兩年，太漫長了！」

「我們的府綢衣服看起來和絲綢的差不多。你那件還很新，可我的那件後面燒焦了一塊，還很礙眼，弄也弄不掉的，怎麼辦？」

「你只要好好坐着不動，不給人家看見背後就行了，衣服的前面還是好的，對嗎？我要用條新緞帶紮髮，媽媽會借給我珍珠胸針，我正好有雙新鞋，手套不大理想……」瑪琪説。「我只好不戴手套了，我的那副已沾上檸檬汁，也沒錢買新的。」喬一向不太講究穿着。

「你不能不戴手套跳舞，多

知識泉

府綢：一種平紋棉織品，質地細密平滑，有光澤，常用來做襯衫。

緞帶：用緞子裁成的長條，用以作裝飾。緞子是一種質地較厚、一面平滑有光彩的絲織品。

丟臉呀！」

「那我就不跳舞吧。那樣轉來轉去的有什麼意思！我坐着不動好啦。」

「你的手套真的髒得拿不出來嗎？能不能將就用用呢？」瑪琪急切地問。

「或者我可以把手套握在手裏，別人就看不出它有多髒了。哎，我有個辦法——我們每人戴一隻好的，握一隻髒的，怎麼樣？」喬説。

「你的手比我的大，會把我的手套撐壞的。」

「那我只好不戴手套了，不管別人怎麼説！」

「好吧，我借給你一隻，別弄髒了呀！」瑪琪趕忙下樓去，她要把惟一的花邊縫在裙上。

除夕傍晚，姐妹倆在精心打扮，兩個小妹妹作她們的更衣侍女，上下來回跑。花了全家人的不少功夫，她們終於裝扮好了，雖然穿得樸素，卻也楚楚動人——瑪琪穿一身銀灰色晚裝，襟上有珍珠胸針，頭上紮着藍緞帶；喬是一身棗紅色，戴

知識泉

晚裝：在晚宴及舞會等隆重場合時女子穿的禮服，通常是曳地長裙。

胸針：掛在衣服襟上的裝飾別針。

個白色麻布硬領，一朵白雛菊作裝飾。每人都戴上一隻乾淨的手套，另一隻手握着那帶污漬的。瑪琪的新高跟鞋很緊，喬頭上那十九雙髮針使她很不舒服，但她倆都忍着沒説，端莊地走出家門。

知識泉

雛菊：菊科，多年生矮小草本，簇生，葉匙形或倒卵形，花生於花莖頂端，白色、粉紅色或紅色，原產歐洲。

「別吃太多，十一點我叫哈娜來接你們，好好玩吧！」馬太太吩咐説。

「你可別忘了衣服上那塊燒焦的地方，別給人看見！舉止莊重些，別把手背在後面，或是瞪眼瞧人！」瑪琪再次叮嚀。

「我恐怕會忘記。我假如做得不對，你朝我眨眨眼，關照我一下好嗎？」

「眨眼不是高貴女子應做的。這樣吧，你做得不對，我會揚揚眉毛；一切都合適，我就點點頭。記住，給你介紹新朋友時，你要握手。」

她們走進賈家。賈夫人是位溫和端莊的老太太，親切地迎接她們後，把她倆交給長女莎莉接待。瑪琪本來就認識莎莉，一會兒就談得很投契了。喬對女孩間的聊天不感興趣，只能把背對着牆站着。有幾個男孩在一角談論溜冰的事，喬很想去加入，但見瑪琪把眉毛揚得高高的，她就不敢妄動了。

跳舞開始了。瑪琪立刻被人邀去跳，雖然她的腳被鞋箍得很痛，但她還能在臉上堆出快樂的笑容。喬看見一個紅髮的高大青年向自己走來，怕他來邀請共舞，便迅速鑽到一塊幕幔後面。誰知道地方早已被人佔領了，與她面對面的是勞倫斯家的那個男孩子。

知識泉

幕幔：為遮擋而懸掛起來的布、綢子、絲絨等大幅幕布。

「噢，對不起，我不知道這兒有人。」

「沒關係，請坐吧。因為我不認識這些客人，感到很無聊，便坐在這裏。」男孩解釋說。

「我也是這樣。」喬盡力顯出莊重的樣子，「你不是住在我們隔壁的勞倫斯先生嗎？」

「是的，但我不是勞倫斯先生，我叫羅萊。」

「我叫喬。謝謝你聖誕節的厚禮，使我們快樂了好幾天。」

「那不是我送的，是我祖父。我一個多月前才來到這裏，對這裏的情況還不大熟悉。」

「你從哪裏來？」

「我一直在瑞士上學。」

喬叫了起來：「我很想聽聽國外的新鮮事！」

於是羅萊就把瑞士的學校生活細細描述給喬聽，聽得她兩眼發亮，恨不得自己也立刻飛到那湖光山色的美麗國家去。喬的熱情化解了羅萊的靦腆和羞怯，他現在簡直像個滔滔不絕的演說家。喬暗暗打量着他，以便回家後可以向姐妹們描述他的樣子——眼珠大而黑，棕色的皮膚，長長的鼻，一副整齊雪白的牙，個頭同自己差不多，看來很有教養，不知他今年幾歲了？喬就繞個圈來問：「你快上大學了吧？」

「還得等兩三年呢，我下個月才滿十六。」

喬達到了目的，很是高興，覺得眼前這男孩很親切，像是老朋友了。所以當羅萊問她為何不跳舞時，她就老老實實說了燒焦衣服的事，羅萊聽了沒發笑，溫柔地説：「跟我來！」

他把喬帶到走廊裏，那裏一個人也沒有，但聽

得見音樂。他們跳了好一陣子**波爾卡舞**也沒人打擾，喬十分開心。

他們坐在梯階上休息時，瑪琪來找喬，把她叫到一邊說：「我扭傷了腳踝，現在痛得很，不能跳舞了。我們吃些東西等哈娜來吧。」

正好喬也餓了，她和羅萊就安排瑪琪坐在一張小桌旁，拿來了咖啡、**乒乓糖**、**毛拖餅**一起吃，很是自在。

哈娜來接她們了，見瑪琪傷了腳不能走，責備了她幾句。瑪琪哭了，喬想找個僕人去叫輛馬車，羅萊聽到她們的談話，走過來説：「我祖父的馬車剛好來接我，我們順路，一起走吧！」羅萊爬到前面和車夫一起坐，讓瑪琪可以平放着腿，坐得舒服些。姐妹倆都認為，今天雖然發生了些不如意的事，但是能夠坐着華麗的馬車回家，真是閨閣名媛的享受了。喬還帶了些乒乓糖給兩個妹妹（瑪琪説她「成何體統」）。一路上大家都開開心心的。

知識泉

波爾卡舞：一種舞蹈，起源於捷克民族，是排成行列的雙人舞，舞曲為二拍子的。

乒乓糖：一種法式糖果，圓球形，夾心，色彩鮮豔。

毛拖餅：餅裏藏有題句或卦簽的餅。

第四章

各人的煩惱

聖誕假期過去了，這一個星期的快樂日子過得真快，今天起，一切又要回復正常了。

早上，瑪琪歎着氣說：「唉，我們又得去上班工作了，多麼辛苦啊！」

「如果一年到頭都是聖誕節或是新年，那該多好啊！」喬一邊說一邊無精打采地打了個哈欠。

瑪琪一邊在挑選穿哪件大衣，一邊說：「我真嚮往那種跳跳舞啦、看看書啦、整天玩樂的生活。說實話，我是個愛好享受的人，誰不愛呢？這是人之常情啊！」

「我們是沒有這種福分的，所以還是別去想的好。」喬說，「我知道馬姑婆是我的『海上佬』，不過我總在想，到我學會把她揹在身上而毫不抱怨的時

知識泉

「海上佬」：《天方夜譚》的一個人物。水手辛巴遇見一個老人，把他背在肩上，愈背愈重，這老人就是「海上佬」。這裏用來表示「難以承受的重負」之意。

候，或許我就不會介意她的重量了。」這個念頭使喬振奮起來，她覺得很高興。但瑪琪卻高興不起來，因為她的負擔是別人家中四個被寵壞了的孩子，她覺得肩上這包袱只會愈來愈重，斷無變輕的道理。

瑪琪隨便挑了件大衣，帶着委屈的神色匆匆下樓去了。在進早餐的時候，她還是滿肚子不快。看來每個人的情緒都不好：貝絲坐在沙發上，一邊嚷着頭痛，一邊逗着幾隻小貓玩；艾美嘟噥着自己的功課沒做好，橡皮又找不到；喬真想大叫幾聲出出心頭的氣；馬夫人正在趕寫一封急着要寄出的信；哈娜也因為昨晚睡得遲，今天又要一大早起來，因而臉色陰沉。

喬接二連三闖禍——打翻了一個墨水瓶，拉斷了一雙皮鞋帶，一轉身又坐在了瑪琪的帽子上，她氣得大叫：「從沒見過這樣煩的家庭！」

「你是最最煩的人！」艾美回應她説，淚珠已滴在了石板上。

知識泉

石板：一種文具，用薄的方形板岩製成，周圍鑲木框，用石筆在上面寫字，可擦去再寫，舊時學生普遍使用，現已少見。

「貝絲，你再不把這些貓捉到地下室去，我就要活活淹死牠們！」瑪琪憤怒地叫道，因為一隻小貓爬到了她背上，她卻捉不到牠。

喬哈哈大笑，瑪琪罵個不停，貝絲為小貓求情，艾美卻放聲大哭了——因為她實在算不出九乘十二等於多少。

「孩子們，你們安靜一些吧！」馬太太也叫了起來，「我這封信今早一定要寄出的，你們吵得我頭昏腦漲，已經撕掉兩張紙了！」

大家總算安靜了下來。哈娜端着兩張熱捲餅進來，這是給瑪琪和喬帶在路上的。姑娘們叫它為「暖手筒」，因為冬天在外面走很冷，用這熱捲餅來暖暖手倒是挺不錯的。

知識泉

暖手筒：一種圓柱形的套筒，兩端開口，用皮毛製成，婦女在冬天外出時把雙手插入取暖，也叫皮手籠、皮手筒。

「媽，再見了！今天早上我們都像頑童一樣，晚上回來就會像天使了。瑪琪，我們走吧！」喬和瑪琪推門出去，走到拐彎處照例地回過頭來望望，母親像平常一樣，已經站在窗口向她們微笑着點頭揮手。這

已成了她們的習慣，每天出門時若是沒有母親這一番送別，她們將不知怎樣熬過這一天。

喬對瑪琪說：「想不到你今天也會這樣暴躁，是不是上兩天我們過得太開心了的緣故？可憐的人兒啊，現在你和豪華沒緣，但你等着吧，等我以後發了財，你就會有馬車用，還有冰淇淋、高跟舞鞋、鮮花……你會有一切的！」

「你真是異想天開，喬！」瑪琪不由得也笑了出來，心裏倒也有幾分高興。

「總算還能找到些快樂的事來開心一下。回家時顯得高興些，別讓媽媽看了難受！」走到分手的路口時，喬在姐姐肩上輕輕拍了一下。兩人就各自捧着那「暖手筒」，分頭走了。

馬先生為了幫助朋友辦學而破產，他四個懂事的女兒都毫無怨言地接受了這個事實。兩個年長的女兒主動要求出去找點工作做做，幫助家庭渡過難關。父母親知道她們很有毅力和獨立精神，便允許了。瑪琪在金家做保姆，看管四個孩子，薪水雖不高，她已經覺得很不錯了。她感到最煩惱的是對比起金家的富有，她感到了自己的窮困，心中難免有些忿忿不平。

喬的工作是照顧老姑婆。姑婆的一隻腳跛了，行動不方便。她自己沒子女，本想在馬家四姐妹中過繼一個，但馬先生夫婦不肯，説什麼「無論我們有錢沒錢，大家相聚在一起就是快樂，我們是不會把女兒給別人的」，姑婆為此生氣了一段日子。後來她見過一次喬，喜歡她的活潑直率，就要她去陪伴。按喬的性格，是很難和這易怒的

知識泉

過繼：沒有子女的人以兄弟、堂兄弟或親戚的子女為自己的子女。

姑婆相處的，但她作了最大的克制，並因此嘗到了自食其力的甜頭。而且最吸引她留在姑婆處的原來是姑婆家的藏書室，喬一有空就鑽在裏面，狼吞虎嚥地閱讀着詩歌、小說、歷史、遊記、畫冊等等。她雄心勃勃，希望自己能做出一番事業來，到底做什麼呢？她自己都不知道。

貝絲是個太怕羞的孩子，所以她不願上學，在家跟着父親讀書，學問倒也不錯。她有主婦的風度，幫哈娜把家務做得井井有條。她的伴侶是姐妹們玩厭了的六個洋娃娃，她把它們修補得很好，很愛護它們。貝絲的苦惱是沒人教她音樂，又沒有一架像樣的鋼琴，她常常為此偷偷地掉眼淚。她愛音樂，音樂是她的世界。

至於艾美，她擅於繪畫，姐姐們叫她「小拉斐爾」。她的確多才多藝，能彈十二個音調，會編織，識法文……人人都愛她，

知識泉

拉斐爾：文藝復興時期意大利名畫家和建築師，生於1483年，死於1520年。主要作品是梵蒂岡教皇宮中的四組壁畫。

十二音調：指樂理上從C至B，中間以半音為升降的十二個高度不同的曲調。

使她產生了一種虛榮心和自私心理。她總認為自己的鼻子不夠高，常常畫很多幅美好的鼻子，藉以自慰。她的心腹監護人是瑪琪，而貝絲卻和性格截然不同的喬最親密。兩位姐姐各自領一個小妹妹，以小婦人母親的本能來保護她們、引導她們。

晚上，她們全家坐在火爐邊一起縫紉的時候，是大家的歡樂時光。她們敍述着白天的趣事，交換着看法；母親或是微笑，或是給予一些溫和的忠告和意見。這真是溫暖而熱鬧的時刻。

知識泉

《威克斐牧師傳》：英國作家奧利佛·哥斯密的成名作，於1766年首次出版。

今天喬就講了她如何與姑婆相處：「今天我給她唸書時，她睡着了，我就拿出《威克斐牧師傳》來看，看到好笑處哈哈大笑，驚醒了姑婆，她一定要我唸給她聽。你們猜怎麼着？她居然也喜歡極了！」

瑪琪説了一件金家的事：「今天金家一個小孩告訴我説，他的大哥做了件敗壞門風的事，爸爸把他趕出家門。我心中也替他們感到難過。想想自己沒有做壞事的兄弟，真是值得驕傲啊！」

「今天我們班上發生了一件可怕的事，」艾美叫道，「蘇茜在石板上畫了張戴維斯先生的漫畫像，戴先生竟然提着她的耳朵，把她拖上講台，讓她拿着石板站了半個小時！」

「那你們看見那幅畫是不是都笑了？」喬問。

「哪敢呀？我們都像小老鼠，嚇得一聲都不敢出。」艾美說。

貝絲細聲細氣地開口道：「今天我倒見了一件令人高興的事：我去魚行買牡蠣，看見勞倫斯先生和魚行老闆克特先生在說話。一個窮婦人走來，要替克特先生打掃魚行，換些魚回去給生病的兒子吃，克特不肯。勞倫斯先生用手杖挑起一條大魚，送給了那婦人。他是一位多好的老先生啊！」

> **知識泉**
>
> **牡蠣**：軟體動物，有兩個貝殼，一個小而平，另一個大而隆起，殼的表面凹凸不平。肉供食用，又能提製蠔油。肉、殼、油都可入藥。也叫蠔或海蠣子。

大家聽了也很高興，並要求媽媽也講一個故事。馬太太想了一會，嚴肅地說：「一天，我見到一個老人，他說起他的四個兒子都在服兵役，兩個戰死了，一個被俘，另一個負傷在華盛頓軍醫院躺着，他正要去探望他。我十分敬佩這老人。想想我只送走一個人去戰場，還有四個女兒在身邊，真是十分幸福呀！」

「媽媽，再講一個！」喬要求着。

「很久以前，有一個地方住着四姐妹。她們不愁吃穿，有愛護她們的父母，也有很多好朋友，可是不知為什麼，她們總是不滿足……」

姑娘們互相瞥了一眼，便低下頭去更用心地做手中的針線活。她們都有些難為情，因為媽媽説中了她們的心事，她們真是身在福中不知福啊！

第五章

拜訪鄰家

一個雪天的下午，喬穿着工作服，手拿掃帚和除雪鏟向外跑，瑪琪問：「你想去幹什麼？」

「到外面去運動運動呀。」喬頑皮地眨眨眼回答。

「今天你不是已經散步了嗎？外面冷得要命，坐在火爐邊烤烤火吧。」瑪琪勸她。

「別把我當作一隻小貓，整天在火爐邊打盹。我喜歡冒險，正要去找些冒險的事做做。」

喬在門口的雪地裏掃出一條路，以便等太陽露面時，貝絲可以帶着她的洋娃娃出來散步，呼吸一下新鮮空氣。馬家和勞家之間只隔着一道矮籬笆。這邊的是一所古舊的棕色的房子，夏天滿牆爬着葛藤，四周開着鮮花；現在是冬天，花草已凋零，房子看上去更

知識泉

葛藤：多年生草本植物，莖蔓生，上有黃色細毛，葉大。常種在住宅周圍作裝飾。

為簡陋。另一邊是一座用石塊建造的華麗住宅，人們從窗外都可望見屋裏豪華的設備；外面有寬敞的車房、收拾得很好的溫室。然而這所大宅看來卻了無生氣——草坪上沒有孩子在玩耍，窗口沒有慈母的笑容，整所房子裏只住着祖孫二人和他們的僕人們。

在喬的心目中，這座大宅真像一所魔宮，充滿神秘感。那次舞會上結識了羅萊後，喬一直想再見到他，可是沒有機會。一次，當貝絲和艾美在花園裏打雪仗時，喬瞥見大宅二樓的一個窗裏露出一張棕色的臉，呆呆地望着這邊。唉，這孩子真寂寞，沒有人跟他玩。他祖父真頑固，怎麼可以把孩子關在家裏呀？有機會我要過去和他玩，順便和那老紳士説説道理，喬想。

掃雪時，喬看見勞倫斯先生坐馬車出了門，她便越過籬笆，來到大宅跟前。二樓的一個窗子裏，有個人撐着頭坐着，這不就

知識泉

溫室：有防寒加溫和透光等設備，供冬季時培育不能耐寒的花木，一般利用回光照射和人工加溫來保持室內適於植物生長的溫度。

打雪仗：下雪時或下雪後，人們在雪地裏用雪捏成團，互相擲打的遊戲。

是羅萊嗎？

喬抓起一把雪揉成團，用力扔到那扇窗上去。羅萊先是嚇了一跳，見是喬，他笑了，推開窗子露出頭來：「你好，喬！」

「怎麼聲音這麼沙啞，病了嗎？」

「重感冒，差不多快好了。被關了一星期！」

「沒有人陪你嗎？」

「沒有，我一個人也不認識。」

「你認識我呀！」喬叫道。

「是呀！你肯來嗎？」羅萊興奮得很。

「我回去問問媽媽，應該沒問題的吧。」

羅萊急急準備迎接客人。他梳梳頭，換件硬領襯衫，還命令幾個僕人打掃本來就一塵不染的大廳。幾分鐘後，喬出現在羅萊的面前，一手拿着個盤子，另一隻手抱着貝絲的三隻小貓咪：「媽媽向你問好，希望我能幫你做些事；瑪琪要我帶些她的拿手甜品——牛奶凍給你；貝絲認為小貓能為你解悶，一定要我帶來。」

羅萊抱起小貓咪，笑得十分開心：「你們待我這麼好，我真過意不去呀！」

喬打量着他的房間：「這真是間很舒適的房間哩！」

「就是太亂，女傭們懶得很，我又不會弄。」

「讓我來替你整理吧，兩分鐘就夠了！」喬刷了刷火爐，移動了花瓶的位置，整理好書，把沙發拖到陽光下……果真，比以前好看多了！

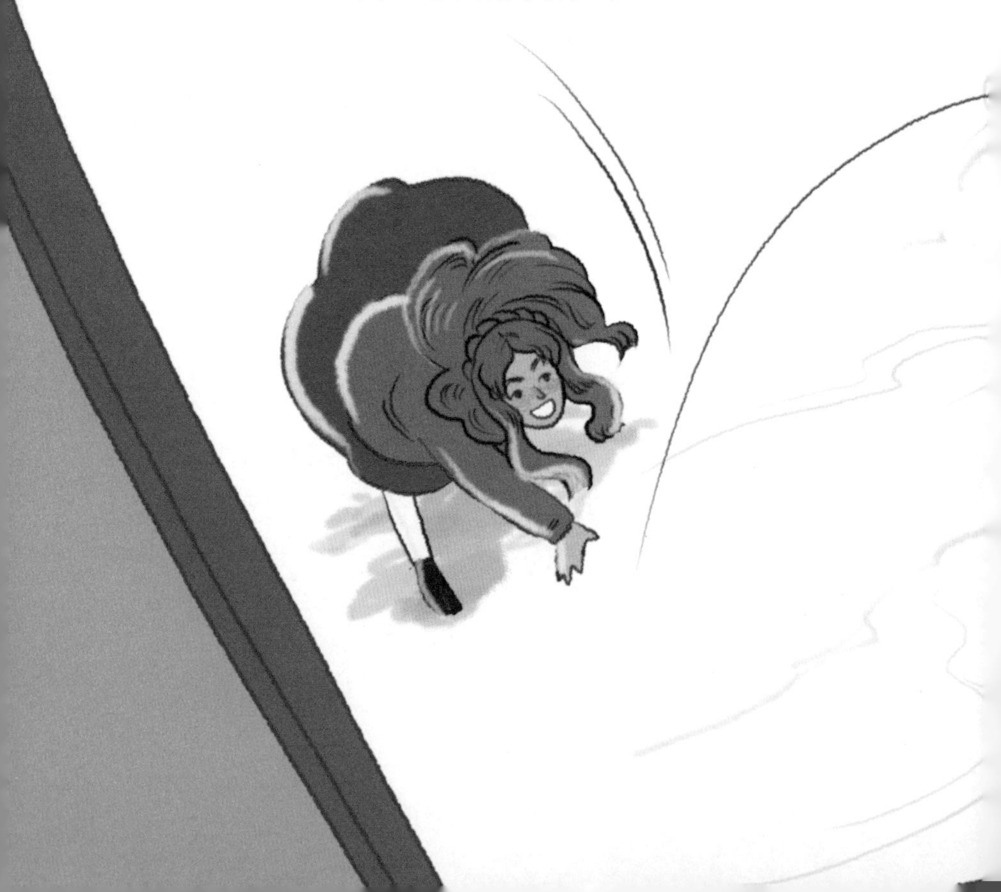

羅萊感激地說：「你真好！現在你休息，我來為你做點什麼吧。」

「不，我是來照顧病人的，給你

讀書好嗎？」

「還不如聊聊天呢！」

「貝絲總笑我的**話匣子**[1]一打開，就停不了。」

「貝絲是不是那臉蛋紅紅的姑娘？」

「不錯，她真是個十足的好孩子呢。」

「漂亮的瑪琪是大姐，你還有個小妹妹叫艾美，矮矮個兒，有一頭鬈髮……」

「你怎麼都知道的？」

羅萊的臉紅了，不過他坦白地説：「我一人在家發悶的時候，常常在窗口看着你們。你們似乎生活得很快樂，常常圍坐在母親身旁説説笑笑，連你們姐妹間的爭吵我也聽得見……」

「那我以後不再把窗簾拉下，你可以盡情地看我們了。」喬的話引得羅萊大笑，他快活地説：「我爺爺一天到晚看書，不愛交際。到我家來的人只有家庭教師布洛克先生，我的生活真是無聊極了！我真羨慕你們有一位好媽媽，你知道我是從小就失去了父母

---

[1]**話匣子**：原指留聲機，後指收音機，現在多用以比喻話多、愛説話的人。

的……」

喬聽了也很悲傷，她溫柔地說：「你來我們家玩吧，我母親會很高興見到你的。貝絲會為你彈琴唱歌，艾美會跳舞來歡迎你，我們還會讓你看我們演的戲，你一定笑到肚子痛！只是不知道你祖父會不會讓你來？」

「要是你母親提出邀請，他就會答應。爺爺看起來有點兇，其實他是好人。」

後來喬給他講了她在姑婆家工作的許多趣事，她講得這樣**活龍活現**[①]，羅萊聽得津津有味，連眼淚也笑出來了。

羅萊建議帶她四處參觀一下，喬是求之不得。他們就一間一間的走過去，邊看邊談，陰沉的大宅注入了一股春天的氣息，活潑起來。最後來到圖書室，這是喬最感興趣的地方。這裏擺滿着一排排整齊的書架，有各種書籍，還有可愛的圖畫和雕像。一個精緻的櫃子裏陳列着各式各樣的古錢和**珍玩**[②]……

---

①**活龍活現**：形容描述或模仿的人或事物生動逼真，也說「活靈活現」。

②**珍玩**：珍貴的供玩賞的東西，包括古董、工藝品之類。

「你真是世界上最幸福的孩子呢！」喬羨慕地歎道。

忽然門鈴響了，喬嚇得喊道：「是你爺爺回來了！」

「你不是膽子很大，什麼也不怕的嗎？」

「我也不知為什麼，有點害怕起來了。」

這時，女僕進來說羅萊的醫生來了。羅萊便請喬等一下，他去一會兒就來。

喬走到勞倫斯先生的一幅肖像畫前，背着手欣賞着，自言自語地說：「他的嘴看來很嚴厲，像個固執的人，但是他的眼睛很慈祥，我想我不會怕他。雖然他沒有我的祖父親切，不過，我喜歡他！」

知識泉

肖像畫：以某一個人為主體的畫像，多為沒有風景陪襯的大幅畫像。

「謝謝你，小姐。」喬身後發出了一個低沉的聲音。喬回頭一看，嚇了一跳，原來勞倫斯先生站在她後面哩。

老紳士很喜歡喬的直率。他告訴喬說，她爺爺是個勇敢和誠實的人，他們以前是好朋友。勞倫斯先生

邀請喬一起用下午茶。當羅萊看見爺爺挽着喬的手下樓時，驚訝極了。

喝茶的時候，兩個年輕人說個不停。勞倫斯先生注意到羅萊神采飛揚，臉色紅潤了，雙眼發着愉快的光。「看來，這個男孩是太寂寞了。且看看這幾個小姑娘能幫他些什麼。」他想。

喬臨走時，羅萊在溫室剪了一大把鮮花送給馬太太。喬回到家以後，比手劃腳地向全家描述了今天冒險的始末，引得大家心癢癢的，都想去勞倫斯先生家裏拜訪一下。

第六章

珍貴的禮物

自此以後，馬家和勞家就開始了友好的交往。

先是勞倫斯先生帶着禮物來拜訪馬家，與馬太太談談舊日的事，對每個女孩説些有趣的親切的話。漸漸地，大家覺得這位老紳士不是那麼可怕的了。

馬太太以慈母的情懷歡迎羅萊，姐妹們也都喜歡他。她們以充滿青春活力的心懷，把這寂寞的孩子圍在中間，關懷他、體貼他。羅萊覺得在這幾位心地單純又善良的姑娘身上，有一種可愛而珍貴的東西存在着。像他這樣父母雙亡、又無姐妹的人，很快就感受到她們給予他的力量和影響。他告訴自己的家庭老師説，馬氏姐妹確是難得的姑娘們。對比自己以前只知道關在家裏看書，羅萊感到乏味和慚愧。他把她們當作恩人，不知怎麼報答才好。隨着時間的過去，這些年輕人之間的友誼像那春天的小草欣欣向榮地滋長着。

布洛克先生有時會在勞倫斯先生面前抱怨，說羅萊常常不想上課，老是到馬家去玩。

「就讓他去，放一天假，明天再補吧！」老先生竟會說出這樣的話，「馬太太說，羅萊讀書太用功了，應該和一些年青朋友一起娛樂和運動，她說得很對。讓他自由自在地做些自己喜歡的事吧。他去那個小茅庵不會有什麼害處的，馬夫人待他比我們還好呢。」

事實的確如此。羅萊在馬家參加愉快的戲劇演出，又玩有趣的雪橇和滑冰，他在馬家那樸實的小客廳度過不少歡樂時光。偶爾，羅萊也會在大宅裏舉行小型舞會招待她們。瑪琪得到勞倫斯先生的允許，可以自由在溫室中漫步和採集花朵；喬如願以償，可以在大圖書室盡情看書，她發表的「喬式評論」常使老主人忍不住哈哈大笑；艾美呢，用她藝術家的眼光欣賞着各種精美珍貴的藝術品。至於貝絲呢，雖然十分渴望

知識泉

茅庵：小草屋、茅草屋，指屋頂用稻草、麥秸等蓋的矮小房屋。這裏指馬家簡陋的房子。

雪橇：用狗、鹿、馬等拉着在冰雪上滑行的一種沒有輪子的交通工具。也可不用動物拉，而靠人手持棍划行。

去彈彈大客廳裏那座富麗堂皇的大鋼琴，卻始終鼓不起勇氣。一次她跟喬去勞家，老先生不知道她有膽小的毛病，大聲說了聲「嗨」，嚇得她急急忙忙逃了回來。老先生知道了之後，想出了補救的方法。

一天，勞倫斯先生來拜訪馬家。坐下不久，他就巧妙地把話題轉到音樂上，提到他生平遇見過的大音樂家、他所見過的最精緻的樂器等等。這時，貝絲就從她那遠處的角落漸漸湊近過來，好像有什麼魔法吸引着她似的。貝絲輕輕走到老紳士背後，專心傾聽着，一雙烏黑的眼睛睜得大大的，雙頰興奮得發紅。老先生假裝一點也沒注意到她，繼續說着。突然，他好像想起了什麼似的，向馬太太說：

「唉，羅萊這孩子最近不太彈琴了。這樣也好，他以前彈得太多了。可是鋼琴長久沒人彈也不行，你們姑娘中有沒有人願意常常去彈彈？使它不致於走音，好嗎？」

聽了這話，貝絲向前走了一步。她緊握雙手，緊張得喘不過氣來，這實在是個太大的誘惑

知識泉

走音：樂器因為天氣變化、受過搬動，或是長久不用而發生音調不準的現象，也叫跑調、走調。

了！還沒等馬太太回答，老先生又說：「只要她們願意去，只管進去彈好了，也不必事前要徵得誰的同意。」說完，他站起來要走了。

這些話太合貝絲的意啦！她下定決心，伸出她的小手握住老人的手，仰着臉急切而膽怯地說：「我願意，我非常願意去！」

「哦，你就是那個愛好音樂的貝絲嗎？」這次老先生不再大聲說「嗨」了，而是親切和藹地俯視着她，「你來吧，盡情地彈吧。你肯來，是幫我保養那架鋼琴呀，我很感激你的。」

「謝謝您，先生！」貝絲一點也不怕了。她臉蛋通紅，像朵盛開的玫瑰。老先生蹲下身來吻了她一下，輕聲說：「以前我曾經有個小孫女，也有這麼一雙可愛的眼睛。願上帝保佑你！」說完，他就快步離開了。

狂喜的貝絲跑上樓去，把這好消息告訴她的六個娃娃。那天晚上她一直在哼唱歌曲，睡夢中還把艾美的臉當作鋼琴彈呢！

第二天早晨，貝絲在窗口見到老紳士和羅萊都出去了，便放大膽子，悄悄從側門溜進客廳，像隻無聲無息的小老鼠。

華麗的大鋼琴在客廳裏等着她，譜架上放着幾本正是她心愛的琴譜。貝絲看見這心儀已久的鋼琴，恐懼心全沒有了，一種不可言喻的喜悅完全佔據了她的心。她彈呀彈呀，忘乎一切，直到哈娜來叫她回去吃晚飯才走。她坐在餐桌邊沒有胃口進食，帶着一種十分滿足的幸福神態，出神地對大家微笑。

那天以後，人們可以看到一頂小小的

棕色斗篷，差不多每天輕輕飄到籬笆隔壁去，然後從大宅裏流瀉出悠揚悅耳的琴聲。貝絲從來不知道，勞倫斯先生常常開了書房的門，聆聽他心愛的古典音樂；也不知道羅萊常常為她守候在玄關，不讓僕人們進去打擾她；也不知道每次譜架上出現的新樂譜，是有人專門為她準備的……貝絲全副身

知識泉

古典音樂：古代幾位大音樂家創作的優秀的、典範的作品。

玄關：由一間居室通往外面的門廊地帶。

心沉浸在幸福中，音樂是她的命啊！

幾星期後，貝絲對媽媽説：「媽，我想做一雙拖鞋送給勞倫斯先生，你説好嗎？他老人家待我這麼好，我一定要謝謝他，我想不出更好的辦法了。」

「好孩子，這個辦法很好，勞倫斯先生一定會十分高興收到你親手做的禮物，你的姐姐會教你怎麼做，料子的錢由我來出吧。」馬太太很高興貝絲會有這份心意。

經過與瑪琪和喬的多次討論，選定了式樣，買好料子，貝絲動手做拖鞋——深紫色的絨布作面，上面繡一束高雅的三色堇。她早起晚睡認真地做，完工後再寫了張便條，托羅萊在老先生早上沒起身前，放在他的書桌上。

一天半過去了，什麼回應也沒有，貝絲擔心自己是否惹怒了這位怪僻的忘年之交了。下午她帶着娃娃散步回家，老遠就看見

知識泉

三色堇：也叫三色紫羅蘭，俗稱蝴蝶花，草本，莖有分枝，葉卵狀長橢圓形。花瓣近圓形，通常每花有藍、白、黃三色，是一種供觀賞的美麗的花，莖、葉可入藥。

忘年之交：年歲差別大、行輩不同而交情深厚的朋友。

窗口有三、四個頭探進探出，她們看見她後便招手叫道：「快回來，勞倫斯先生送回信來了！」

「貝絲，老先生給你送來……」歡叫着的艾美沒說完，就被喬一把捉進窗內。

貝絲飛也似地跑回去，心跳得很厲害呢。姐妹們在門口列隊等着她，一齊指着屋裏說：

「看哪，看這裏！」

貝絲抬頭一看，快樂得幾乎暈倒——眼前是一架小巧漂亮的立式鋼琴，光滑閃亮的琴蓋上放着一封信，寫着給馬貝絲小姐的。

知識泉

立式鋼琴：現代鋼琴分為三角鋼琴及立式鋼琴兩種，三角琴形體較大，可放居室中央；立式琴較小，須靠牆立放。

「快看信呀，鑰匙在裏面呢！」喬說。

「你幫我讀吧，我心裏太亂了。」貝絲高興得神魂顛倒了。

喬展開了信，讀了起來：

「馬貝絲小姐親鑒：

在我一生，曾有過許多雙拖鞋，但從沒有比你做的這雙更舒適。三色堇是我心愛的花，它使我永遠不會忘掉溫柔的送禮人。請允許我把小孫女生前用過的一件東西作為回禮，請你原諒。再次衷心感謝你的好意，並祝你幸福。

充滿感激的朋友詹姆·勞倫斯」

貝絲的臉色更興奮，手腳也顫抖了。

「你得過去向他道謝呀！」喬打趣道，她知道貝絲是決沒有這麼大的勇氣的。

「我這就去！」

大家驚訝地望着貝絲從容不迫地走下台階，穿過籬笆，走進勞家大門。

貝絲徑直走到書房門口，毫不猶疑地敲了敲門，聽到「請進」後她推門走到老先生面前，伸出雙手，聲音發抖地説：「我是來謝謝您的，老先生！」她抱住老人的頭，熱烈親吻着。

老先生深受感動，他把貝絲抱在膝上，彷彿重新得到了一個小孫女。

第七章

艾美受辱

知識泉

塞克羅普斯：希臘神話裏的一個獨眼巨人。

聖特：希臘神話裏半人半馬的怪物，是名馬術精湛的騎手。

一天，羅萊騎着馬從馬家門口經過，還不停地揮動着手裏的馬鞭子。艾美在窗口看見了他，便說：「他真十足是個塞克羅普斯呢！」

「你說什麼呀，他的兩隻眼睛好好的，還是一對很漂亮的眼睛呢！」喬叫道，她最容不得別人批評她的朋友。

「我沒說他的眼呀，我是指他騎馬的姿勢那麼美妙，讚讚他罷了，你生什麼氣呀？」

喬大笑：「你這頭笨鵝，你要讚他的馬術，應該比喻作『聖特』才對呀，真是笑死人了！」

「這有什麼好笑？不過是個無心的**口誤**[1]罷

[1] **口誤**：因疏忽而說錯了話或唸錯了字。

了。」艾美反駁道，然後又歎了口氣，像是在自言自語，其實是想她的姐姐也聽到：「要是我有羅萊花在馬上的一小部分錢，就好了！」

「為什麼？」敏感的瑪琪親切地走過來問。

「我非常需要錢啊，現在債台高築，而零用錢要下個月才能拿到。」

「你欠債了嗎？欠什麼債？」瑪琪急急問道，表情很嚴肅。

喬以為艾美又在胡扯，躲在一旁暗笑。

「我欠了人家至少有一打醃漬檸檬，現在又不能償還她們，媽媽不讓我在店裏賒賬的。」艾美憂慮地說出她的心事。

「究竟是怎麼回事？現在流行吃什麼醃漬檸檬嗎？」瑪琪問道。

知識泉

醃漬檸檬：把檸檬加上鹽、糖等作料浸泡，帶酸甜味，女孩子很喜歡吮食的一種零食。

賒賬：把買賣的貨款記在賬上，延期收付。

「是啊，學校裏的女孩常常買這種檸檬的，要是你不甘心落後於人，不想被人鄙視，那你一定也得買。課間休息時，大家都偷偷拿出來吮食。她們輪流

請客，我已經被請過好多次了，也得回一次禮呀。」

「你需要多少錢才能還清這筆債？」瑪琪邊問邊掏出錢包。

「一個二角五分的角子就夠了，多下來的錢還可買一些給你吃，你喜歡嗎？」

知識泉

角子：舊日指一角、二角、二角五分的小錢幣。

「我才不吃呢。給你錢，省着點用！」

艾美高興得叫了起來：「好姐姐，真謝謝你！我要大請客一次。以前我總是吃別人的，很難為情，現在我可以吃個痛快了！」

第二天早上，艾美到校晚了一點。她提着那包濕淋淋的檸檬顯示給同學看，實在掩飾不了心頭的喜悅。幾分鐘後，全班都在傳說今天艾美買了二十四個醃漬檸檬（她在路上吃掉了一個），馬上要請客了。同學們都眼巴巴地盼着這件好事。凱蒂走來邀請她參加下次的宴會；瑪麗一定要把自己的手錶借給她戴，小息時還給她就行；連那個平時總嘲笑艾美吃不起檸檬的珍妮，今天也**甘拜下風**①，自覺自願地獻上幾個

①**甘拜下風**：佩服別人，自認不如。

難解的算術題答案。但是艾美不吃她這套，她忘不了珍妮以前說的那些尖刻的話，便給她**「發」了一個「電報」**[1]：

「你用不着突然變得有禮貌了，反正是沒你的份兒的。」

剛好上午有貴賓來參觀學校，艾美畫的一張地圖被客人連聲稱讚，這使她更加得意了，卻也使珍妮妒火中燒。等客人一走，珍妮就跑上講台告訴戴維斯先生說，馬艾美的課桌裏有大量醃漬檸檬，準備請客。

原來，醃漬檸檬在校內是一種違禁食品，戴維斯先生曾一再宣布不許帶入校，違者要當眾受到處罰。這位嚴厲的老師過往在整頓紀律方面鐵面無私，「戰果」輝煌：他禁絕了所有的糖果，燒燬了他認為是「不良」的小說書無數本，封閉了一個私設的「郵遞站」，禁止做鬼臉、取綽號、畫諷刺漫畫……把這五十個女孩收壓得服服貼貼，他心中頗為得意。

---

[1] **發電報**：這裏是指寫了張小紙條傳過去，是課堂裏同學間常用的聯絡方法。

知識泉

女巫：以裝神弄鬼、占卜問卦為職業的女人，也叫巫婆。

那天早上，戴維斯先生顯然是喝了太濃的咖啡，正像一位姑娘形容的那樣——像一頭黑熊那樣的粗暴，又像一個女巫那樣的神經質。他一聽到「檸檬」兩字，就像一朵火花掉在炸藥堆裏，立刻炸開了。他滿臉漲得通紅，猛地一拍桌子，把告密者珍妮也嚇得逃回座位上去。

「馬小姐，到這兒來！把你課桌裏的檸檬也帶來！」

艾美站了起來。鄰座一個大膽的姑娘悄悄對她說：「不要全部拿去。」

艾美留下了六個，把其餘的統統放在戴維斯先生面前。可是，這芳香的氣味更刺激了老師，他更憤怒了：

「都在這兒了？」

「還有幾個。」艾美囁嚅地說。

「全部拿來！」

艾美只得照辦，向鄰座失望地看了一眼。

「沒有了嗎？」

「沒有了，我從來不說謊。」

「這我知道。現在把這些討厭的東西兩個兩個地丟到窗外去！」

教室裏似一陣微風般發出一聲低弱的歎息，快到嘴的美食被奪走了。艾美在羞慚與憤怒交織下，漲紅了臉，先後來回跑了十二次，把這些多汁的不幸的檸檬丟出窗外。聽到窗外那些愛爾蘭孩子拾到從天而降的美食的歡呼聲，姑娘們的心痛到極點，大家怒目瞪着這位鐵石心腸的老師，有個姑娘竟然哭出聲來。

知識泉

愛爾蘭孩子：指從歐洲西部愛爾蘭島移民到美國去的愛爾蘭人的孩子。

戒尺：舊時教師對學生施行體罰時所用的長條木板。

等艾美做完了這件事，戴維斯先生發出一聲可怕的「哼」，說：「很遺憾有人破壞我的規矩，你們忘了我上次說的話嗎？我是決不食言的。馬小姐，把手伸出來。」

艾美是個生性倔強的姑娘，她不討饒，也不哭，牙關咬得緊緊地伸出了她的小手。老師用戒尺在她手心上打了幾下，打得不重，但這是艾美有生以來第一次挨打，這樣的羞恥在她心目中好比是刀子刷一樣痛楚。這還沒完呢，她還被罰站在講台上到下課為止。

這十五分鐘她站在那裏，面對同學，一動也不動，臉色蒼白，神色淒然，使同情她的姑娘們都沒心思做功課了。

一下課，艾美抓起書包氣喘吁吁地跑回家，躲在房裏一聲不響。姐姐們回來後知道了這件事，立即召開了一次激憤的會議。馬夫人溫柔地撫慰這受了創傷的小姑娘，瑪琪流着淚用甘油替她擦那受辱的手掌，貝絲連小貓都撇在一旁，狂怒的喬立即要去找老師評理，哈娜憤怒地用力搗着晚餐用的土豆，彷彿那可惡的老師就在她的手掌下面。

喬板着臉來到學校，把馬夫人寫的一封信交給戴維斯先生，臉兇得似乎想把他一口吞下，然後她收拾好艾美剩下的東西帶回家。

> **知識泉**
>
> 甘油：學名丙三醇，無色、無臭、有甜味的黏性液體，吸水性強，醫學上可用以滋潤皮膚，也是製造炸藥、化妝品的原料之一。
>
> 土豆：即馬鈴薯、薯仔，歐美多用以作主食。

馬太太對艾美説：「我實在不贊成那種體罰，對姑娘尤不好。你就暫時離開學校，在家裏和貝絲一起讀書吧，以後把你送到別處去讀。不過，你破壞規則也是不對的，好好記住這個教訓吧。」

第八章
喬的懺悔

「姐姐，你們要到哪兒去？」一個星期六下午，艾美看見喬和瑪琪正準備外出，便問道。

「小孩子！少管閒事。」喬兇巴巴地說。

聽了這句刺心的話，艾美很生氣，決意要查個水落石出。她轉向一貫遷就她的瑪琪撒嬌道：「帶我一起去吧，我沒事可幹，無聊極了！」

「不行，人家沒邀請你……」瑪琪說。

喬不耐煩地打斷她：「別跟她嚕嗦了，她會把事情弄糟的。」

艾美看見瑪琪把一把扇子塞進衣袋裏，便叫了起來：「我知道了，你們和羅萊一起去看《七座城堡》！我也要去！媽媽說我可以看這部戲，我自己有錢，可以買票！」

知識泉

《七座城堡》：全名《鑽石湖的七座城堡》，是一齣神話歌舞劇。

瑪琪有些心軟了：「要是我們幫她穿暖一

些……」

喬生氣了，大聲嚷道：「如果她去，我就不去！羅萊只請我們兩個，把她帶上會掃了大家的興，羅萊很難做的。你好意思由他把座位讓給你？你給我乖乖呆在家裏，一步也不許動！」

艾美坐在地上放聲大哭。這時羅萊在下面叫她們，兩位姑娘連忙下樓，艾美倚在樓梯上尖叫：「喬，你一定會後悔的！」

那天晚上的戲十分精彩。不過，儘管小妖精滑稽趣怪，小魔怪變化多端，王子公主羨煞神仙，喬在快樂中卻有一絲不安：艾美會採取什麼行動來使她「後悔」呢？她們兩人都是急性子，曾經多次鬧翻，事後卻都追悔不已。喬的剛烈性格使她屢次惹禍上身，她的怒氣來得快也去得快，認錯後就無比溫順，真心悔改。

回家時，她們看見艾美在客廳看書，一聲不響。貝絲向她們問長問短，聽姐姐們把戲描述一遍。喬急急走上樓，到自己房間去看看衣櫃的情況。上次吵架後，艾美把喬的衣櫃翻了個亂七八糟來洩恨。幸好，一切都**安然無恙**[1]，喬相信艾美已經原諒了她。

誰知，這次喬是大錯特錯了。第二天，她終於發現了一件事情，由此鬧出一場大風波。

傍晚時分，喬急急衝入客廳，驚惶地問：「誰拿了我的書稿？」

「沒有呀。」瑪琪和貝絲同時說。

喬衝向艾美：「一定是你拿了，放在哪？」

「不，我不知道！」

「撒謊！」喬兩手抓住她的肩膀用力搖，神情十分兇猛，「快說，不然我揍你了！」

「你要打就打吧，反正你永遠也不會見到你那無聊的書稿了！」

「為什麼？」

「因為我把它燒了！」

「什麼？我這麼心愛的書稿，要在爸爸回來之前趕着完成的書稿，你把它燒了嗎？」喬臉色灰白，盯着艾美問。

[1] **安然無恙**：恙，指病。安然無恙是指沒受損傷，沒發生意外，一切安好。

「對，燒掉了！你昨天那樣粗暴，我說過要讓你後悔的……」她沒敢說完，喬咬得牙關格格響，悲憤交加地大叫：「你這個惡毒、狠心的女孩，我一生一世也不會原諒你！」她摑了艾美一記耳光，衝上閣樓，倒在沙發上。

馬夫人回家聽說這事後，把艾美教訓了一頓。喬向來被全家人視作未來的大文豪，她用心寫了六個神話小故事，細心修改後謄清，把原稿也撕了，希望能把它們出版。現在艾美一把火把她數年心血燬於一旦，對喬來說是**滅頂之災**[①]，她覺得再也不能把這些故事寫出來了。貝絲猶如死了隻小貓般沉痛，瑪琪拒絕為自己的寵兒辯護；馬太太神情嚴峻，萬分傷心。艾美見沒人愛她了，也後悔起來。喝茶時候，她鼓起勇氣對冷冰冰的喬說：「原諒我吧，喬，我真是非常、非常抱歉。」

喬神色嚴厲地說：「我絕不會原諒你！」

大家不再提這事，但甜蜜溫馨的家庭氣氛受到了

[①] **滅頂之災**：滅頂，水浸過頭頂，指淹死。故滅頂之災是指致命的災禍。

破壞，每個人做什麼事都沒心情。到了臨睡唱歌時，喬像個石頭人，艾美痛哭，瑪琪和母親唱得走了調。馬太太吻別喬時柔聲說：「親愛的，別讓憤怒的烏雲遮住太陽，互相原諒，互相幫助，明天再重新起稿吧。」

喬硬邦邦地說：「這事太可惡，不能原諒。」

第二天早上，天氣奇冷，一家人都悶悶不樂。喬說：「我找羅萊滑冰去！」說完挎上冰鞋，跑了出去。艾美急得大叫：「她答應過下次帶我去滑冰的，怎麼自個兒跑了？這是最後一次冰期，以後沒機會了！」

瑪琪說：「這次你也太過分了，要她原諒實在很難。你跟着他們，什麼也別說，等她玩得開心時，你上去吻她一下，也許她會原諒你。」

「我去試試。」艾美一陣風也似地追出去。

羅萊和喬已從小山往下走到河邊，羅萊正小心翼翼地沿岸滑行，說：「我先到拐彎處探探情況，沒問題的話我們就比賽。」

他沒看見跟在後面的艾美，逕直向前滑去。喬聽到身後艾美趕得氣喘的聲音和穿冰鞋的頓腳聲，她裝作沒聽見，也沒回頭，自顧自向前滑行。羅萊在彎口大叫：「靠岸邊走，中間不安全！」喬望了望正在穿冰鞋的艾美，沒把話傳給她。

喬滑到彎口，忽然感到一種不安情緒襲來，她回頭一望，正好見到艾美走到河中央，嘎嚓一響，薄冰破裂，艾美一聲尖叫掉了下去，只有那頂小藍帽浮在冰面上。羅萊飛奔過來大叫：「快拿根木棍來，快呀！」

喬紛亂中依着羅萊吩咐的話做着一切。她從柵欄上拔出一根木棍，羅萊平卧在冰上，用手臂和鈎頭棒把艾美鈎住，再用喬的木棍把她救了出來。艾美已昏迷了，兩人用乾衣裹着她抱回家。一陣手忙腳亂的紛擾後，艾美蓋着毛毯沉沉睡去。喬臉色蒼白，低聲問

知識泉

冰鞋：滑冰時穿的一種特別的鞋，皮製，鞋底上裝着冰刀，可在冰上滑行。

冰期：這裏指河水因溫度驟降而結冰的一段時期。

鈎頭棒：滑冰時用的一頭彎曲的長棒，用以支撐於地面。

母親：「她真的沒事吧？」

「沒事，幸虧得你們立即緊裹她抱回家。」

「那全是羅萊的功勞啊！假如她死了，那全是我的過錯！」喬痛悔不已，哭着把事情經過告訴母親，「我的脾氣實在太壞，怎麼辦呢？」

「下決心改就行。我的脾氣以前跟你一樣，我努力改了四十年才控制住。每當自己快發脾氣時，就走開一會，反省一下，讓自己平靜下來。我要做個使孩子可以學習的好母親啊！」

喬的心情豁然開朗，她走到艾美牀前喃喃地說：「今天若不是羅萊，我會永遠失去你。」

艾美睜開眼向喬一笑，並伸出雙臂。兩人緊緊相擁，一切恩怨都煙消雲散了。

第九章

瑪琪的教訓

四月的一個下午，瑪琪在房裏收拾行裝，妹妹們圍着她在幫忙。

「安妮・莫法特沒有忘記自己的諾言，真夠朋友的！足足兩星期的玩樂，真痛快！」

喬一邊幫她疊幾條裙子，一邊說。

「幸好金家那幫孩子出麻疹，正巧有空！」瑪琪說。朋友安妮邀請她去住幾天，她十分快樂。

「而且天氣又這麼晴朗！」貝絲說，她從自己的寶貝箱裏挑了幾條圍巾和絲帶，借給姐姐用。

「媽媽拿了什麼給你？」艾美問。

「一對絲襪，一把雕花扇子，還有一條漂亮的藍腰帶。我本來想要那條紫羅蘭色的真絲裙，但是沒

知識泉

麻疹：急性傳染病，兒童最易感染，先發高燒，上呼吸道和結膜發炎，兩三天後全身起紅色丘疹。通稱疹子，也叫痧子。

時間改做了，只好穿那條塔拉丹裙。」

「你那條塔拉丹裙配這腰帶很好看的，」喬説，「可惜我的珊瑚手鐲斷了，不然你可戴上它。」她一向很大方，只是她的寶物都是殘缺不全的，沒什麼用處。

「我哪一天才有福氣穿上帶花邊的真絲衣服、戴上繫緞帶的帽子呀？」瑪琪抱怨道。

知識泉

紫羅蘭：二年生或多年生草本植物，葉子長圓形或倒披針形，花紫紅色，也有淡紅、淡黄或白色，供觀賞。

塔拉丹：一種白色薄紗。

珊瑚：由許多珊瑚蟲的石灰質骨骼聚集而成的東西，形狀像樹枝。多為紅色，也有白色或黑色，可供玩賞，也用作裝飾品。

「那天你説，只要能去安妮家，你就心滿意足了。」貝絲平靜地提醒她。

「對，我是滿足了。似乎一個人得到的越多，野心也就越大，是嗎？謝謝你們對我這麼好，把東西借給我，又幫我收拾，羅萊還答應送我需要的全部鮮花。我回來後一定把那邊的奇聞趣事補給你們聽。」瑪琪真心誠意地説。

第二天，瑪琪辭別大家，去體驗十四天新奇快樂的上流社會生活。馬太太一開始是不同意她去的，怕她回來後對現實生活更加不滿。但瑪琪糾纏不休，莎莉又答應照顧她。而且瑪琪幹了一冬天的煩悶工作，也該讓她休息一下了。

莫法特一家的確非常時髦，樓宇富麗堂皇，主人舉止優雅，令瑪琪一開始就被嚇壞了。他們每天享用豪華的食品，穿戴精緻的服飾，乘坐華麗的馬車，除了玩樂之外無所事事——這正是瑪琪嚮往的生活。她很快便模仿身邊那些人的談吐舉止，擺點小架子，裝點風度，説幾句法文，談論流行服式。莫法特家的漂亮東西見得越多，瑪琪就越羨慕，想起家中的清貧、自己工作的沉悶，只得自歎自己是個不幸的窮姑娘。

安妮懂得怎樣款待朋友們。她們每天上街買東西、散步、騎馬、訪友、看戲。安妮的幾個姐姐都是漂亮的少女，莫先生夫婦心寬體胖，他們都很喜歡瑪琪，瑪琪被寵得有點飄飄然了。

一天晚上，莫家舉行小型的宴會。姑娘們都穿起薄如蟬翼的漂亮紗裙，瑪琪的塔拉丹裙與她們的一比，顯得殘舊和寒酸。她從姑娘們互相交換的眼色中

看到了對貧窮的憐憫，她自尊心很強，獨自站在一旁，心情沉重。

正在此時，女僕送來一箱鮮花和一封信，說是給馬小姐的。

「是誰送的呀？不知道你有情人呢！」姑娘們圍住瑪琪，好奇地問。

「信是媽媽寫的，花兒是羅萊送的。」瑪琪答道，暗暗感激羅萊沒有忘了自己。她的心情好轉了，留下幾朵玫瑰綴在裙上，又把幾枝鳳尾草插在髮鬢，其餘的花統統分贈給姑娘們，大家都很喜歡。

知識泉

鳳尾草：也叫鳳尾蕨，羊齒科植物，一種綠色鋸齒形草，裂片細長，不開花。

那晚瑪琪跳了一晚上的舞，玩得很開心。安妮還推她出來唱歌，她的聲音甜美，使人愉悅。不料，後來她不經意聽到一段對話，頓時情緒一落千丈：

「送花給馬小姐的那勞家少爺多大？」

「十六、七歲吧。」

「看來馬太太早有計劃，四個女兒中的一個肯定受惠哩！」

瑪琪聽了恨不得鑽進地裏去，她又羞又恨，自尊心受到嚴重的傷害，一晚沒睡好。

第二天，安妮和姐姐們來找她：「馬小姐，這個星期四的晚會，我們想請你的朋友勞倫斯先生也來參加呢！」

瑪琪想開個玩笑：「我想他大概不會來。」

「為什麼？」

「他太老了呀。」

「啊？他多大年紀？」

「將近七十了。」瑪琪忍住笑。

「唉，我們說的是那個年輕的羅萊呀！」

「喔，他還是個小孩子呢。他們和我家是好鄰居，我們常在一起玩，羅萊常送花給我們。」

瑪琪的坦白說明，消除了大家的誤會。

星期四晚上，安妮的姐姐蓓兒把瑪琪捉住關在房裏：「讓我替你打扮，一定會把你打扮成個小美人兒！」瑪琪覺得不能拒絕她的好意，而且她自己也想看看打扮後是一副什麼模樣。

蓓兒和女傭首先替瑪琪燙髮，在她頸脖和手臂撲

上香粉，嘴上抹了紅紅的唇膏；又給她穿上蓓兒的一件藍綢裙，裙子又緊又窄，領口開得很低；然後戴上一套銀首飾——項鍊、手鐲、耳環、胸針，最後穿上高跟的藍緞鞋。瑪琪小心翼翼走下樓梯，長裙搖曳、環珮叮噹、卷髮蓬鬆，瑪琪只覺得心神搖盪。人們都圍着她讚美她，她搖着小扇微笑着，以為自己成功地扮成了個淑女，但也隱隱覺得彷彿自己是那寓言裏的烏鴉，嘖嘖讚美的人們像是一羣報信的喜鵲。

知識泉

寓言裏的烏鴉：指《伊索寓言》裏有一則《寒鴉和鳥》，烏鴉為了增加自己的魅力，四處找羽毛，把其他鳥的羽毛裝點在自己身上，打扮得花枝招展的。

忽然，瑪琪的笑容凝住了，她看見羅萊站在她面前，一臉驚愕和毫不掩飾的不快。羅萊直率地說：「我差點不認得你了，你完全變成了大人，一點也不像以前的你，我倒有點怕了！」

「是她們把我打扮成這個樣子的，你不喜歡嗎？」

「不喜歡，我不喜歡過分炫耀。」

瑪琪惱恨地走到窗邊，聽到有人在說：「她們在愚弄那個姑娘，把她打扮成洋娃娃似的！」

瑪琪臉在發燒，深深懊悔自己的淺薄。

兩個星期的玩樂弄得瑪琪筋疲力盡，她覺得自己在那「繁華世界」裏呆得太久了。

回家後的那個晚上，她向母親和喬講述了這次經歷，並提到了她聽到的流言蜚語，她問道：「媽媽，你對我們是不是有那種『計劃』？」

馬太太拉着兩個女兒的手，嚴肅而輕快地說：「每位母親對自己的孩子都有計劃。我希望我的女兒們美麗善良，多才多藝，受人愛慕和敬重，得到幸福美滿的婚姻。金錢是必要和寶貴的，如果用之有道，還是一種高貴的東西。但我不希望你們把它看作是首要的，我寧願你們成為擁有愛情的幸福家庭裏的窮人之妻，也不願你們做沒有自尊的、華宮裏的皇后。不論你們以後獨身還是結婚，都要成為爸媽的驕傲和安慰。」

「我們一定能，媽，一定能！」姐妹倆異口同聲叫道。

第十章

實驗生活

「明天金家去海濱，我自由了，有三個月的長假，怎麼過呢？」一天下午，瑪琪回家說。

喬也剛回家，疲乏地躺在沙發上，貝絲在替她脫下沾滿塵土的靴子，艾美在調製檸檬汁。

「馬姑婆今天動身去梅園了，」喬說，「我真怕她會叫我一起去，那裏沉悶得像是墓地一樣，我寧可她放過我。我送她上了車，車快開了，她伸出頭來問：「喬，你願不願意……」，嚇得我飛也似地逃了！」

「怪不得你跑回來時，好像後面有隻野熊在追趕似的。」貝絲笑道。

「老姑婆是個十足的海蓬子，對嗎？」艾美嘗着她調製的飲品說。

「是吸血鬼，不是海蓬子！

知識泉

海蓬子：一種海濱生長的酸果草，英文發音與「吸血鬼」相近，艾美又一次讀錯。

唉，天這麼熱，沒心思跟你咬文嚼字。」喬咕噥道。

「你們想怎樣過這個假期呢？」艾美問。

「我要睡懶覺，」瑪琪縮在搖椅裏説，「這個冬天我每天早起，把時間都花在別人身上，現在要好好休息休息，睡個夠！」

「我要抱一大堆書，躲到蘋果樹上讀它一天！有時找羅萊玩玩。」喬説。

「貝絲，我們也放下功課，像她們那樣玩個痛快吧！」艾美建議。

「如果媽媽同意的話，我也贊成。我想學幾首新曲子，娃娃們也該換裝了。」

瑪琪轉頭問母親：「行嗎？媽媽！」

馬太太正坐在**「媽咪角」**[①]裏做針線活兒，抬頭説：「你們可以試一個星期，看看滋味怎樣。我相信到了星期六晚上你們就會發現，光玩不工作是跟光工作不玩一樣難受。」

瑪琪高興地説：「不會的！我想這一定是其樂無

---

① **「媽咪角」**：房間裏母親常坐的一個角落，這裏指馬太太常在那裏做針線活、寫信的地方。

窮的！」

喬站起身叫道：「大家來乾杯，從現在起不用做苦工了，永遠快樂！」大家把艾美給的檸檬汁一飲而盡。

第二天，試驗開始。早上瑪琪睡到十點才起牀，她一個人吃早點，食之無味。喬沒有在花瓶裏插上鮮花，貝絲沒有掃地，艾美把書丟得到處都是，房間裏雜亂無章，冷冷清清，只有「媽咪角」跟平常一樣井井有條。瑪琪坐下看了一會書，打打哈欠，想着該添置些什麼夏裝。喬和羅萊在河濱玩了一個上午，下午爬到樹上讀她的《大世界》，讀得淚流滿面。貝絲把她櫃子裏的東西倒出來整理，沒理好一半就倦了，就攤放在那裏去彈琴了。艾美收拾好花壇，穿上她最好的白上衣，坐在忍冬樹下作畫，希望有人能走來問問這位年輕的藝術家是誰。但是非但沒人過問，還遇到一陣大雨，被淋得像隻落湯雞似的。

知識泉

忍冬：多年生常綠纏繞灌木，葉對生，夏季開花，花唇形，黃白相映，有香味，也稱金銀花，可入藥。

晚飯時大家交流心得，都認

為這樣度過的一天還是快樂的，只是日子似乎格外長。第二天瑪琪買了些藍洋紗回來剪裁，卻發現這料子不能下水洗，十分懊惱。喬上午划船，把鼻子曬得脱了層皮，下午看書太久又鬧頭痛。貝絲一下子學彈三支曲子力不從心，疲乏得很。艾美弄髒了上衣，明天沒有好衣服穿去赴晚會，心裏煩惱。不過這些都是小事，在母親面前她們都報告説進展很好。母親笑笑不作聲，和哈娜一起把她們丢下不做的工作一一做好，家裏照常保持着舒適整潔。

知識泉

洋紗：一種棉質的平紋細布。

這種休息和享樂產生的結果出人意料：大家都有一種奇怪的、不自在、不舒服的感覺。日子一天天過去，大家的脾氣跟天氣一樣變化無常，容易激動；心裏又好像空空落落的，毫無頭緒。瑪琪把新衣交給人家縫製，自己就整日沉悶無聊；喬讀書讀得頭昏腦脹，脾氣暴躁，甚至好脾氣的羅萊也跟她吵了一架；貝絲比較安穩，因為她常常忘記現在是「只玩不工作」的日子，不時重操舊業，但大家的煩躁情緒多少也影響了她，一次竟然罵自己寵愛的娃娃是怪物；最難受的是小艾美，她不愛娃娃，也不喜歡看童話書，除了畫畫就不知該做什麼才好，這種享樂日子真使她感到乏味厭倦。

然而大家都不承認她們的試驗失敗。到了星期五晚上，每個人都暗自慶幸這個星期終於熬到了頭。富幽默感的馬太太為了加深這次教訓給她們的印象，決定放哈娜一天假，讓姑娘們充分「享受」光玩不工作的滋味。

星期六早上姐妹們醒來，發現廚房裏沒有生火，桌上沒有早餐，母親和哈娜不知所蹤。

瑪琪跑入母親房裏，出來說：「媽媽說這個星期她幹得很辛苦，今天要在房裏靜養一天，要我們自己照顧自己。」

「這正合我心意！我正愁沒事做，這也是一種新的娛樂。」喬說。

此時此刻，做點工作對她們來說是一極解救。貝絲和艾美擺桌子，瑪琪和喬做早餐，她們還給母親送去一份——茶又苦又澀，雞蛋炒糊了，餅乾上沾着發酵粉，馬太太收下了並謝謝她們。

為了彌補上次和羅萊吵架而造成的隔閡，喬邀請他來吃午餐。她上街去買了些菜回來，正想去請教母親，但母親說她今天要出去玩玩，不能幫她。母親一走，又來了一位客人克拉克小姐，而且宣布自己要留下吃飯，她是母親的老朋友，年老孤獨，喬打算好好招待她。

知識泉

發酵粉：攙在麪粉中揉和，用以發麪的粉狀物，也稱蘇打粉。

蘆筍：也稱石刁柏、龍鬚菜。百合科，多年生草本，根肉質，春季自地下莖上抽出嫩莖，供食用，作蔬菜或製罐頭，原產歐洲。

那天喬所嘗到的辛苦，簡直難以形容。她筋疲力竭弄出的午餐成了一個大笑話：她把蘆筍煮了一小時，嫩頭全掉了，只剩下老梗；麪包烘焦了，土豆卻沒有熟。一道道菜上桌後，被嚐了一些就備受冷落，喬恨不得鑽到桌子底下。最慘的是最後上桌的水果——奶油草莓，客人們吃了一口就做個鬼臉，趕快喝水。原來喬把鹽當作糖灑在上面，而奶油是變酸了的！喬先是窘得滿臉通紅，後來覺得整件事十分滑稽，便放聲大笑，在座各位也笑了起來，這頓不幸的午餐最後在愉快的氣氛中結束。

黃昏，姐妹們聚集在門廊，煩惱無比。

「這個試驗你們滿意嗎？要不要再試一星期？」馬太太邊説邊走來坐在她們中間。

「不要，不要了！」大家搖頭擺手齊聲叫。

「媽媽是故意出去，看我們怎麼做的吧？」瑪琪整天都懷疑這件事。

「是呀，我想要你們明白，大家要做好自己應做的事，家庭生活才會快樂；假如人人只想到自己，結果就很糟。工作是件好事，有益身心健康，能給我們能力感和獨立感。學會了挑擔，擔子就會變得輕了。」

「我們會像蜜蜂一樣工作。你們等着瞧，我要在假期學會烹飪，下次請客就不會丟臉了。」喬説。

第十一章
兩個秘密

為了兩家方便聯絡，羅萊在花園一角的籬笆旁設了一個郵箱。那本是個燕子房，他把門堵上，屋頂打開，各家持一把鑰匙，兩家每個成員之間的各種郵件都可在此傳遞。貝絲是這郵政局的局長，每天收寄郵件，她很喜歡這工作。每當她雙手捧得滿滿地進來，像郵遞員一樣滿屋派發信件包裹時，真是全家人眼中的天使。

郵箱妙不可言，它的業務十分繁榮，各種各樣稀奇古怪的東西都經這裏遞送：樂譜、薑餅、橡皮、邀請信、訓斥信，還有小狗、鮮花等等，連勞倫斯老人都感到有趣，不時送一些古怪包裹、神秘字條和滑稽電報來湊熱鬧。那位拜倒在哈娜石榴裙下勞倫斯家的園丁，還曾送了封情書來呢，大家幾乎因此而笑破肚子！

知識泉

薑餅：用薑汁混入麪粉裏烤製的餅。

石榴裙：石榴是火紅的，石榴裙指紅色的裙，泛指女子。

一天，貝絲分派的郵件裏有一封給瑪琪的信，和一隻她的手套。信中是布洛克先生為她翻譯的一首德語歌的歌詞，手套是她上次去勞家時遺忘在那兒的。

「咦，我在那邊丟了一副，怎麼現在只有一隻？貝絲，是不是拿進來時掉在地上了？」

「我保證沒有，郵箱裏就只有一隻。」

「沒關係，另一隻總會找到的。」瑪琪說。

誰也沒把這事放在心上。

喬在閣樓上忙着。她先是把稿紙鋪在大箱子上奮筆疾書，寫完後仔細閱讀了一遍，加上了些破折號和感歎號，找出一根紅綢帶把稿紙紮起，從書櫃裏拿出另一份手稿，把兩份稿都放入衣袋。然後她躡手躡腳戴上帽子，穿好外衣，從後窗口出來，走到門廊頂棚上縱身向下跳，落到草地上。她定了定神，空望四周無人，就來到公路邊攔了輛出租馬車，一路駛到城裏，她臉上的神情快樂而又神秘。

下車後，她的行動更是古怪——她飛快奔到一條熱鬧大街的一個門牌前，踏進門口，呆了一會，卻又回頭退到街上。這樣進進出出幾次三番，把對面樓上憑窗眺望的一位黑眼睛少年逗得大樂。這少年正是羅

萊，他剛好在那樓上的健身房學擊劍。沒想到碰巧看見了喬的窘態。這時，喬使勁搖搖腦袋，把帽檐拉下遮住眼，毅然踏上樓梯。

這座樓門口掛着幾塊牌子，其中一塊是牙醫招牌。羅萊這時穿好大衣下樓來，站在那座樓門口，自言自語説：「她怎麼獨自一人來？萬一痛得難受，就要有人送回家了。」

十分鐘後，喬漲紅着臉跑下樓來，羅萊迎上去問道：「剛才很難受吧？」

「有點兒。」

「怎麼一個人來？」

「不想讓別人知道。」

「拔了幾個？」

喬望着自己的朋友，莫明其妙，後來才恍然大悟，笑道：「你以為我去找牙醫啊？你在這裏做什麼？」

「我在對面的健身房學擊劍。」

「太好了，下次我們演《哈姆雷特》時，擊劍那一幕就有好

知識泉

《哈姆雷特》：莎士比亞最優秀的作品之一，寫於1606年，是一齣表現人文主義精神的大悲劇，以古丹麥國王哈姆雷特為主角。

戲看了！」

「沒問題，我一定全力以赴！喂，我們走回去吧，我要告訴你一件非常有趣的事。」

「說吧，我洗耳恭聽。」

「那是個秘密，你也得把你的秘密告訴我。」

「我沒有什麼秘密。」喬猛然住了口，想起自己還真有一個秘密呢。

「你知道你有的，你什麼也藏不住，說吧！」

「你要保證一個字也不准跟別人講，好嗎？」

「好，一字不提。」

「你不會取笑我吧？」

「我從來不取笑人。」

「嗯，我剛才把寫好的兩篇故事交給了一位報社編輯，他説下星期答覆我。」喬向自己的密友耳語道。

「好一個馬喬小姐，美國偉大的女作家！」羅萊叫道，把帽子拋向空中，然後接住。

「小聲點！不一定有結果，但我要試試。」

「你一定會成功！嘿，跟那些每天見報的垃圾文章相比，你的故事簡直比得上莎士比亞的大作！我為你感到自豪！」

喬的雙眼閃閃發亮，心頭甜絲絲的。

「你的秘密呢？公平交易，別賴賬！」

「我知道瑪琪遺失的另一隻手套在哪兒。」

羅萊俯下身，在喬耳邊悄悄説了幾個字。喬的神色變得很古怪，她呆呆站着，瞪了他一眼，大聲問：「你怎麼知道的？」

「我看到在他口袋裏，是不是很浪漫？」

「不，叫人噁心，荒唐透頂，但願你沒説。」

「我以為你會高興呢。」

「高興什麼呀，高興別人把瑪琪奪走？」

「等到也有人來把你奪走時，你心裏就會好受一些了。」

「我倒要看看誰有這個膽量！」喬惡狠狠地叫道，隨即飛也似地從山坡直衝而下，帽子和梳子也跌掉了，髮夾散了一地。喬喘着氣坐到河邊一棵楓樹下，羅萊替她把丟落的東西都撿了回來。

知識泉

楓樹：落葉喬木，葉子互生，通常三裂，邊緣有鋸齒，秋季變成紅色，花黃褐色，樹脂可入藥。

追時，瑪琪訪友回來，見到頭髮蓬亂的妹妹，驚訝地問道：「你在這裏幹什麼呀？」

「撿楓葉呀，瞧，紅紅的，多美！」喬拿起紅葉，遮住自己輕輕抖動的雙唇。她最近感到瑪琪正在迅速成長為一個頗具風韻的女人，姐妹分離是必然的事，但羅萊的秘密使這一天似乎就要來到，喬心中十分恐懼。

接下來的幾天，喬行為古怪，令姐妹們摸不着頭腦。郵遞員一按門鈴，她就衝到門前；每次見到布洛克先生，她都很不禮貌；她常在一旁愁眉苦臉地望着瑪琪，忽又跑上去親她一下。大家以為她失了魂。

第二個星期六下午，喬先是在園裏和羅萊追逐着，後來發出尖笑聲、低語聲、拍打報紙聲。喬拿了報紙進來，把臉藏在報紙後面看報。

「有什麼有趣文章嗎？讀來聽聽。」

「有則故事，叫《畫家爭雄》。」喬清了清嗓子，很快唸了起來。故事浪漫優美，姐妹們聽得津津有味。「誰寫的？」貝絲問。

「你姐姐。」喬丟開報，站起來大聲說。

姐妹們的興奮難以形容！貝絲又唱又跳，興高采烈；瑪琪搶過報來見到喬的名字才相信；艾美在發表評論；哈娜驚愕得大喊大叫；馬太太知道後倍感自豪。喬講述了送稿的經過後說：「處女作沒稿酬，我準備再寫一些，不久以後我便能養活自己並幫助你們各位了。」

知識泉

處女作：作者的第一個作品。

喬喘了口氣，把頭藏在報紙裏，情不自禁地灑下幾滴淚來。自食其力，贏得所愛的人的稱讚是她心頭最大的願望，今天的成功是邁向幸福終點的第一步。

第十二章

一封電報

「一年之中，最討厭的就是十一月了。」瑪琪站在窗邊，望着陰沉沉的天空和蕭條的花園，嘟噥着說。

「怪不得我是在十一月出生的。」喬鬱鬱不樂地說，沒注意到鼻子上沾到了些墨漬。

「現在如果能有什麼愉快的事發生，那我就認為十一月是個好月份了。」樂觀的貝絲說。

「我們家能有什麼好事發生？」瑪琪今天的心情很不好，「我們整天做苦工，好像那些踩踏車的囚犯，永無止境。」

知識泉

踏車：從前監獄裏作為對囚犯的一種懲罰，要他們踩踏一種類似推磨轉動的車，在此比喻為單調呆板、例行的工作。

喬叫道：「可憐的姐姐，你眼見別的姑娘過着舒舒服服的豪華生活，心裏不好受是吧？我真恨不得像安排我故事中女主角的命運那樣，安排一個有錢的親戚留給你一筆財產，這樣你就什麼都有了，還可去國外，當個貴夫人！」

知識泉

陶土：燒製陶器、陶塑或粗瓷器的高嶺土。

「我和喬要為你們大家賺錢，再等十年吧。」艾美坐在一角捏着陶土說道。

「十年？太長了！再說，我對你們的筆墨和泥土也沒有多大信心。不過，還是要謝謝你倆的好意。」瑪琪苦澀地說。

這時，馬太太正從街上回來。同時，羅萊也走進屋說：「我做算術做得頭都昏了，誰願意同我出去坐馬車兜一圈？夫人，要我做什麼嗎？」

馬太太說：「請順便到郵局去問問有沒有我們的信。照理今天應該收到的啊！」

一陣急促的門鈴聲打斷了她的話，哈娜拿進來一封電報。馬太太一看，猛地倒在沙發上，臉色煞白，好像被一把利刀插進胸膛。喬急忙拿起電報讀道：

「馬夫人：馬先生病重，速來。

華盛頓 布朗克醫院 海爾」

這個可怕的消息改變了整個世界，姑娘們的心好似墮入冰窖，一切都陰陰慘慘的。她們圍住母親，全都驚慌失措。馬太太立即恢復了常態，她堅定地說：「我得立刻趕去，說不定已太遲了。啊，孩子們啊，幫我渡過這個難關吧！」

房間裏響起一片哭聲，大家嗚嗚咽咽，泣不成聲。還是哈娜首先堅強起來：「趕快整理行裝吧，上帝會保佑好人的！」

母親坐了起來，蒼白而堅定，思索着該如何做。她問道：「羅萊呢？羅萊在哪兒？」

「在這裏，太太，讓我做些什麼吧。」羅萊從隔壁房間走了出來。剛才她們全體那麼悲痛，他覺得自己應該禮貌地迴避一下。

「請代我打個電報去華盛頓，說我馬上來。明天一早有班火車的。再替我送封信給姑婆。」

喬馬上給媽媽拿來了紙和筆。她明白這次的長途旅費是要向人借的，她真想找些什麼辦法，來為母親籌些錢。

「喬，去告訴曾家我不能去拜訪他們了，順便買

知識泉

陳年葡萄酒：葡萄酒是用經過發酵的葡萄製成的酒，酒精含量較低，有活血作用。陳年是指存放多年，酒味濃醇，質量好。

些護理品來，醫院裏不一定有。貝絲，去向勞倫斯先生要兩瓶陳年葡萄酒，為了你父親，我不惜向人乞討呢！艾美，請哈娜把大黑箱子拿來。瑪琪，你幫我找些要帶的東西……」

勞倫斯先生隨貝絲匆匆趕來，給病人帶來很多慰問品，並承諾在馬太太離家期間照顧姑娘們。老先生本想親自陪她去的，但馬太太絕不能同意讓老人家長途跋涉。老先生想了一會就拔腳回家。過一會兒布洛克先生來了，在門口碰見瑪琪，他的棕色眼睛閃亮着，輕柔地對她説：「我來請求當你母親的**護駕**①。勞倫斯先生交代我到華盛頓去辦點事，能在那裏為她效勞是我的榮幸。」瑪琪感激得拉着他的手，不知該説什麼才好。

羅萊從姑婆那裏回來，帶來了錢和一張便條，姑婆在便條裏又説什麼她早就告誡馬先生別去參軍等等

①**護駕**：也作保駕，舊指保衞皇帝，現泛指保護某人。

的**老生常談**[1]。各人都在分頭忙着，沒注意到喬離開了一段時間，她回來時臉上帶着一種很複雜的神情，若喜若悲，似笑似恨，大家正詫異不解時，她把一卷鈔票交給母親，哽咽着說：「這是我給爸爸的禮物，讓他舒舒服服、平平安安回家！」

「二十五元！喬，這錢從哪來的？」

「媽媽放心，這錢是我自己賺來的，我賣掉了我的一些東西。」她把帽子一脫，大家驚呼起來——她那一頭又濃又密的長髮不見了！

姑娘們都眼睛紅紅的，貝絲更是哭了起來。喬用手撥弄着短髮，裝出滿不在乎的神態說：「這又不是什麼驚天動地的大事，對我倒很有好處

[1] **老生常談**：原指老書生的平凡議論，今指很平常的老話。

呢。剪短了髮，健腦益智，又輕便又涼快，像個男孩一樣，蠻有趣的！」

馬太太柔聲説：「真難為你了，孩子！」

晚上在牀上，喬忍不住哭了，瑪琪摸到她的臉濕漉漉的：「怎麼回事？為爸爸傷心？」

「這會兒不是，為……為我的頭髮。」

瑪琪溫柔地親吻這位痛苦的女英雄。她今晚也有心事，所以一直睡不着。布洛克先生那雙明亮的、充滿激情的棕色眼睛在她眼前晃動，

她在思考着有生以來所遇到的最嚴肅的問題哩！

時鐘敲了十二下，夜深人靜，姑娘們都進入了夢鄉。一個人影在孩子們的牀間悄悄移動，她把這個的被角掖好，把那個的枕頭擺正，又停下腳步深情地久久凝視着每張熟睡的臉孔，輕輕吻吻她們，然後帶着無限的愛意熱誠祈禱。當她拉開窗簾一角，望着沉沉夜色時，一輪明月忽地穿過雲層，破霧而出，向她們的小屋灑下一片祥和的光輝，似乎在靜夜中輕聲撫慰着這些心靈：「別着急，善良的人們！守得雲開見月明！」

第二天一早母親動身了。陪伴她的布洛克先生是那樣強健、和氣、能幹，姑娘們立即贈他一個外號——「大好人先生」。

第十三章

貝絲染病

母親走後，幾個女孩躲在家裏大哭了一場。

哈娜也不去勸，任憑她們痛痛快快地發洩了一場。看到她們哭得昏天黑地差不多了，她便端了一壺熱咖啡進來：「好了，姑娘們，記住你們的媽媽説過的話，不要過分傷心。喝杯咖啡，喝完後各人動手工作，為這個家爭口氣！」

喝咖啡本來就是件樂事，再加上今天哈娜把咖啡煮得特別香濃可口，姑娘們喝着喝着，精神恢復過來了，情緒也平靜了些。

「『懷抱希望，不要偷閒』，這是我們的**座右銘**[①]，我要照常去陪姑婆。」喬説。

「我也要到金家去上工。」瑪琪説。

姐妹倆揣着熱捲餅出門上班時，心裏又難受了起

---

①**座右銘**：寫出來放在座位旁邊的格言。泛指激勵、警誡自己的格言。

來，因為平時母親定會倚在窗邊目送她們走遠。她們淒淒切切地依舊回頭向窗口望去，善解人意的貝絲沒有忘記這小小的家庭儀式，她坐在窗台上向兩位姐姐點頭致意，好像一個紅臉蛋的中國擺頭娃娃。

「真是我的好貝絲！」喬揮揮帽，感激地說，然後趕快戴上帽子轉身而去。剪短了髮的她，覺得自己就像一頭在瑟瑟寒風中被剪了毛的**羔羊**[①]。

華盛頓那邊傳來的消息，使姑娘們安心不少。父親雖然病得不輕，但有了溫柔體貼的好**看護**[②]加以精心護理照顧，他已逐漸康復。布洛克先生每天寄來一份病情報告，瑪琪身為一家之長，每次都堅持由她來讀。日子一天天過去，信中的消息越來越令人高興，姑娘們的心情也隨之開朗起來。

她們每人都寫回信，各人的信收在一起，放入一個大信封內，然後小心地投入郵筒。哈娜每次也寫幾句，稱讚姑娘們乖巧又勤快；羅莱和勞倫斯先生也時常附個紙條，報告說一切都安好。

[①]**羔羊**：指小羊。

[②]**看護**：護士的舊稱，指護理、照顧病人的人員。

的確，母親離去的頭一個星期，這所房子裏洋溢着一股勤勉、謙和的風氣，人人純潔得像天使一樣，克制着自己，努力做好本分工作。鄰居們都**交口稱讚**[1]，姑娘們也覺得自己做得相當好了。等父親的病情穩定，她們思慮父親的心情得到緩解之後，每個人的努力不知不覺地鬆弛了下來，因此就忽略了一些該做的重要事。

喬因一時大意，沒好好包住剪了髮的頭，得了重感冒，呆在家裏養病。一天下午，貝絲提醒大家說：「我們該去探望赫墨爾一家了，媽媽不是吩咐過不要忘記他們嗎？」

「今天我很累了，不想去。」瑪琪坐在搖椅上做着針線活。

「風太大，我感冒，不能出去。」喬帶着鼻塞音說。

知識泉

風帽：禦寒擋風的帽子，後面較長，披到背上。

樟腦：通常是用樟樹枝葉提製而成的有機化合物，味道辛辣，有清涼的香氣，容易揮發。日常用來防蟲蛀，也用來製炸藥、香料等，醫藥上用做強心劑和防腐劑。

[1] **交口稱讚**：眾口同聲稱讚。

艾美還沒回來。貝絲就悄悄戴上了她的風帽，提了一籃食物，拿去給那些可憐的孩子們吃。她自己也頭痛，渾身沒勁，可是在沒有人肯去的情況下，貝絲總是願意自己來承擔的。

貝絲回家的時候天色已晚，誰也沒見到她爬上樓去，把自己關在母親房裏。半小時後，喬去母親房裏拿點東西，才見貝絲坐在一個藥箱上，眼睛發紅，手裏拿着一個樟腦瓶。

「天哪，出了什麼事？」喬叫了起來。

貝絲問：「喬，你得過猩紅熱嗎？」

「好幾年以前，和瑪琪一起得的。怎麼啦？」

「赫墨爾家的嬰兒死了，死在我懷裏，他母親沒回來，我就一直抱着他。他母親帶着醫生回來，可是已經遲了。醫生要我趕快回來吃點顛茄，說不然會傳染

知識泉

猩紅熱：急性傳染病，病原是溶血性鏈球菌，患者多為三至七歲的兒童，主要症狀是發熱，舌頭表面呈草莓狀，全身有點狀紅疹，紅疹消失後脫皮。

顛茄：也叫莨菪，多年生草本植物，花紅色，果實為黑色漿果，有毒。種子和根、莖、葉都可入藥。這裏是指防治猩紅熱的顛茄製劑。

上的。」

「噢不！」喬緊緊抱住貝絲，「如果你得病，我不會原諒我自己，本來應該我去的！」

喬摸摸她的額頭，燙手得很。她趕快把哈娜叫來。哈娜檢查了貝絲後安慰她們說，人人都會得一次猩紅熱，只要治療得當，沒有生命危險的。她們去找瑪琪商量，說要把艾美送到姑婆家去，免得被傳染上。瑪琪和喬都得過，不會被傳染，就輪流照看貝絲。

艾美死也不肯去姑婆家，宣布說她寧願得猩紅熱也比離開家好。這時正好羅萊進來，聽說這事後就好聲好氣哄她說：「做個明事理的小婦人吧！我有條妙計：你去姑婆家，我每天來接你出去坐馬車，玩個痛快！我還會每天把貝絲的情況講給你聽，等她一好，我就接你回家！」

艾美這才同意讓喬和羅萊把她送到姑婆家，她覺得好像自己作了很大的犧牲似的。

貝絲果然得了猩紅熱，但醫生說並無大礙，他每天來看兩次。哈娜就說不必告訴馬太太，免得她為

這麼一樁小事操心。而且這時華盛頓的來信說馬先生的病惡化了，短期內不能回家，這更增添了她們的煩惱。

貝絲發起病來很可怕——講胡話，喉嚨腫脹，有時甚至頭腦也不清醒了，認不出面前的人。喬日日夜夜守着她，瑪琪在一邊幹活，姐妹倆時時掉淚。一度幸福歡樂的家現在籠罩在一片死寂般的陰影下，瑪琪深深體會到愛、平安、健康和真正的人生幸福是無法用金錢買到的，自己以前能擁有這一切是多麼富足！

到後來，貝絲的病越來越嚴重了，經常昏迷不醒，奄奄一息。十二月一日那天，醫生握着她那熱得燙人的手，聲音低沉地說：「馬太太最好回來。」

喬對着羅萊痛哭。羅萊趕緊告訴她好消息：馬先生的病好多了，因此他和爺爺昨天已給馬太太發了電報，布洛克回電說她馬上回來，今天半夜能到家。

喬狂喜得撲向羅萊，緊緊摟住他：「羅萊，你真是個天使！」

第十四章

團圓

瑪琪和喬永遠也不會忘記那個晚上。

醫生說，貝絲的病午夜時分可見分曉，或是好轉，或是惡化。兩個姐姐全無睡意地守候着，深深感受到在命運面前無能為力的痛苦。

「如果這次上帝救了貝絲，我一定不再抱怨。」瑪琪虔誠地低語。

「如果這次上帝救了貝絲，我一定終生侍奉祂。」喬同樣熱誠地說。

時鐘敲了十二下。兩人都望了望牀上的貝絲，她的臉色灰白，似乎罩着死神的陰影；窗外狂風怒嘯，像是魔鬼在呼號。一個小時過去了，她們聽到羅萊的馬車開出院子，往車站接馬太太去了。又一個小時過去了。喬躡手躡腳走到牀邊凝視貝絲，見她臉上的痛苦表情消失了，顯得蒼白卻平靜。喬傷心地想，貝絲一定是離去了，她低下頭去吻那潮濕冰冷的前額，低聲説：「再見了，貝絲！」

哈娜驚醒過來，急急走來摸摸貝絲的脈搏，試了試她的額頭，高興地叫了起來：「燒退了！小姐得救了！」正好醫生來到，證實了哈娜的説法：「她已闖過難關，讓她好好睡吧。」

知識泉

脈搏：心臟收縮時，由於輸出血液的衝擊引起動脈的跳動，醫生可根據脈搏來診斷疾病。通常從手腕處的動脈可摸到。

瑪琪和喬走到客廳，擁抱在一起，高興得哭了起來。窗外風雪小了，痛苦的漫漫長夜終於過去了。

清晨來到。貝絲的臉上有了血色，呼吸也變得暢順了些。正在這時，羅萊接了馬太太回來了！

母女相聚的溫馨是筆墨難以形容的。馬太太把光明和幸福又帶回到家裏，這一天是多麼溫暖可愛啊！貝絲的小手緊緊抓着母親不放；瑪琪和喬纏着母親，聽她説父親的病況，以及布洛克留下照顧父親、從車站回家途中如何遇上大風雪等等情況。哈娜為大家準備了一頓豐盛的早餐，吃完後瑪琪和喬美美地睡了一覺，消除了徹夜未眠的辛勞。馬太太則坐在貝絲牀邊，一步也不離開，還不時摸摸她，望着她出神。

晚上，瑪琪在自己房裏給爸爸寫信，喬偷偷溜進母親的房間，傾訴了她的憂慮：「媽媽，布洛克先生藏着瑪琪的一隻手套，他告訴羅萊說，他喜歡瑪琪，但不敢說出來，因為她那麼年輕，而自己又那麼窮。您看，這不糟透了嗎？」

「讓我告訴你：約翰·布洛克先生陪我到華盛頓後，他一直在醫院照顧你父親，十分周到，他確是個人品出眾的青年，現在我們都叫他約翰。約翰開誠布公地告訴我們說，他愛瑪琪，但要等自己賺夠錢後才向她求婚。他人不錯，不過我不同意讓瑪琪這麼早就訂婚。」

「當然不能同意！原來他去華盛頓是別有用心的！」喬憤憤地說，「我真想自己來娶瑪琪，讓她安全留在家裏。」

這一古怪念頭使馬太太笑了起來：「你先別對瑪琪說，等約翰回來後看看她自己怎麼樣。」

「難道你不認為她應該嫁個富家子弟嗎？」

「有錢雖好，但別受了它的誘惑，只望約翰能有個好職業能維持家庭開支。他是個好男人，瑪琪將因

擁有他的心而變得富有。」

「我懂了。但我一直想讓她以後和羅萊結婚，一生享盡富貴榮華，那多好啊！」喬說。

「羅萊對瑪琪來説是個小弟弟。好了，喬，別多操心，讓事情自然發展吧。」

貝絲一天天好起來，可以躺在沙發上和小貓玩了，有時還拿起針線活來，可是她那一向靈巧的四肢卻變得僵硬無力，讓人看了傷心。

艾美回家了，姑婆誇她是個乖女，送給她一隻極為珍貴的綠松石戒指和其他一些小飾物。除了戒指之外，艾美一定要把飾物分給姐姐們，以紀念她回家之喜，她説她這是在努力克服自己那自私的老毛病。

知識泉

綠松石：礦物名，天藍色、蘋果綠色或帶綠的淺灰色，有蠟狀光澤，可作裝飾品或製人造顏料。

聖誕節一天天近了，屋裏瀰漫着一股神秘的節日氣氛。喬和羅萊頻頻獻計，商量如何慶祝。哈娜預感到這將是一個不同尋常的聖誕，這果然讓她説中了。

那天的天氣特別晴朗，好事連連而來。首先，馬先生來信説他會很快回來，貝絲今天特別精神，穿

知識泉

冬青：常綠喬木，葉子長橢圓形，前端尖，花白色，果實球形，紅色，種子和樹皮可入藥。

着媽媽送的禮物——一件紅色的羊毛晨衣，坐在窗前欣賞喬和羅萊為她堆的雪人少女——頭戴冬青枝花冠，手執一大卷新樂譜，披着條彩虹般的阿富汗披巾在唱歌。羅萊跑出跑進運送禮物，瑪琪從勞倫斯老人那裏得到了平生第一件絲質裙子，四個姑娘用她們顏色不

同的頭髮做成一枚精緻的胸針，別在母親襟上。

羅萊打開客廳大門，伸進頭來怪聲怪氣喊道：「馬家的又一聖誕禮物現在來到！」

門口出現了一個高個子男人，由布洛克先生攙扶着，對着大家微笑。姑娘們吃驚得目瞪口呆，然後一齊撲上去：「爸爸，爸爸！」

情形大亂，大家一時似乎都失去了理智，母女都緊緊抓着抱着馬先生，生怕他突然消失似的。全家的幸福達到了頂點！

在一頓豐盛的聖誕大餐之後，全家人幸福地圍坐在火爐旁。又是喬首先開口：「記得嗎，去年聖誕節時，我們都在抱怨呢！」

「這一年還算是快樂的一年。」瑪琪說。

「也相當艱苦呢！」艾美一本正經地說。

「這是一段不平坦的路，你們都勇敢地走過來了。我都看到了：瑪琪變得勤勉，喬很少說粗魯話了，貝絲不像以前那樣怕羞，艾美呢，我見到你在幫媽媽幹活，不成天照鏡子了。我為你們感到自豪，我親愛的女兒們！」爸爸動情地說。

第十五章

瑪琪的婚事

布洛克先生陪馬先生回來後，時常來馬家走動。馬先生夫婦很喜歡這位年青人，常告訴女兒們説，約翰在華盛頓時如何如何照顧他們，誇他能幹、正直、善良，説已待他如同自己的兒子一樣。喬對約翰卻是怒目相待，把他視作要奪走瑪琪的仇人。

羅萊從喬的神情中猜到了這件事，結果，他**惡作劇**[①]地跟這對年輕人開了一次太過分的玩笑。

有一兩天，瑪琪變得跟從前判若兩人，整日不言不語獨坐一邊做針線活，羞答答的，心事重重。第三天喬分派小郵箱裏的郵件時，瑪琪收到一封被封得嚴嚴實實的信，她讀了之後大叫一聲，滿臉驚恐。

「出了什麼事？」母親邊叫邊跑向女兒。

瑪琪從口袋裏掏出一張揉皺了的紙條，扔向喬，

[①] **惡作劇**：開玩笑開得太過分，使人難堪。

怒聲罵道：「這紙條一定是你寫的，那壞小子幫着你，你們怎能這樣卑鄙，這樣殘酷？」

喬莫名其妙：「我什麼也沒做，你説什麼？」

喬打開那紙條，和母親一起讀起來：

「親愛的瑪琪：我再也不能控制我的感情了，我還不敢告訴你父母，但我想他們若知道我們在相愛，一定會同意的。勞倫斯先生會幫我找到一個好工作。那麼，親愛的人兒，令我幸福吧。請勿對你家人説什麼，只要通過羅莱賜我一個回音。衷心愛你的約翰」

喬看後大叫：「是羅萊的筆跡？這個小壞蛋！我去把他捉來！你知道約翰是絕對不敢寫這種東西的！」

瑪琪晃了晃剛剛收到的信：「是呀，今天收到約翰的信，我才知道誤會了。」

馬太太急問：「瑪琪，你給他回信了？」

瑪琪掩着臉，羞愧萬分：「我回信説我年齡還小，不適宜談這些事，但對他的心意很感激，願做他

的朋友，僅此而已，以後再說。他今天這封信上說他從沒寫過什麼情信！」

喬叫來了羅萊，馬太太獨自接待這位「罪犯」，與他談了半小時。後來羅萊滿臉悔意，低聲下氣向瑪琪**賠不是**[①]，發誓說約翰完全不知此事。瑪琪這才平靜了下來。這個惡作劇帶來了嚴重的後果——瑪琪心裏倒常常思念起那個年輕人來，一次，喬在她抽屜裏見到一張塗滿「約翰·布洛克太太」字樣的紙條，恨得她咬牙切齒把紙片投入火中，她知道羅萊的玩笑使她又恨又怕的一天加速來到了。

果然，一天，約翰來馬家找瑪琪。客廳裏正好沒有別人，瑪琪窘得不知該怎麼辦才好，吞吞吐吐地說：「媽媽一定很想見你，你等等！」

約翰走過去緊緊握住她的手，棕色眼中流露出無限愛意：「瑪琪，我是來找你的。」

瑪琪的心跳很厲害，既想跑開，又想停下細聽：「噢，別這樣，還是別説吧！」

[①] **賠不是**：賠罪，認錯，道歉之意。

約翰溫柔地說：「我不會煩你，我只想知道，我在你心裏是不是有一丁點兒位置？」

「我不知道，我年紀還小，現在不想……」

正在這時，馬姑婆突然一瘸一拐走了進來——她

散步時碰見了羅萊，知道馬先生已回來，順道來看看的。兩個年輕人被她嚇得馬上分開，約翰急忙躲入書房，瑪琪滿臉通紅。

「這是怎麼回事？那人是誰？」姑婆把手中藤杖用力敲着地板，叫道。

「他是爸爸的朋友，布格克先生。」

「布洛克？那個孩子的家庭教師？哦，我知道了，他想得到你！你不會嫁給他吧？如果你這樣做，我一分錢也不會留給你，明白嗎？」

> **知識泉**
>
> **藤杖**：用藤莖編製的手杖。藤是一種木本植物，有纏繞莖或攀緣莖，粗大的莖或莖皮可編製箱子、椅子、手杖等日用物品。

姑婆的話使瑪琪十分反感，她憤憤地回答：「我愛嫁誰就嫁誰，您的錢留給您喜歡的人吧！」

「你竟敢跟我頂嘴！我是為你好，你應該嫁一個有錢人，那個布洛克是個窮小子，知道你有個有錢的親戚，才來引誘你的！」

瑪琪氣得叫起來：「我的約翰不是這種人，他善良聰明，才華橫溢，他願意工作，一定會作出成績，我們大家都喜歡他。我也不怕窮！」

「哼！那麼我就不管了！」姑婆也沒心情見馬先生了，**氣咻咻**[1]地登上車走了。

約翰從書房出來一把抱住瑪琪：「瑪琪，感謝你這樣維護我，也感謝姑婆，我才知道了你心裏確實有我。」瑪琪羞紅了臉，靠在他的胸前。

喬推門進來，見到這情景嚇得倒抽一口冷氣。約翰笑着說：「喬妹妹，祝賀我們吧！」

全家知道了這事，除了喬以外，個個笑逐顏開，羅萊捧來一大束鮮花送給「約翰·布洛克太太」。馬家的第一樁**羅曼司**[2]開花了。

約翰把婚事安排在三年以後。這期間，他勇敢地去服了一年兵役，他作戰英勇，後來負了傷，提早退役回來。恢復健康後，就開始經商，為組合家庭掙錢。

三年後，約翰擁有了他們的新家——位於馬宅附

---

[1] **氣咻咻**：也作氣吁吁，形容因為惱怒或疲累而大聲喘氣的樣子。

[2] **羅曼司**：富有浪漫色彩的戀愛故事，是英文詞「Romance」的音譯。

近的一幢棕色小屋，瑪琪和家人一起設計、裝飾、布置，一切很簡潔，卻顯示出獨特的見地和雅緻的情趣，因而別具一番韻味。從廚房裏的一根擀麪棍到客廳桌上的銀花瓶，都包含着家人的愛心與細緻的籌謀。連姑婆都送來了一大批裝飾屋子的亞麻織品，還有一串老式的珍珠項鏈，那是她早就應諾要送給第一個新娘的。

知識泉

擀麪棍：一棍短木棍，兩頭略尖，用以擀麪——來回碾麪皮，使其變平、變薄。

亞麻：一年生草本植物，可以做紡織原料。織成的亞麻布堅韌、耐磨、平滑、不易皺，常用以做牀單、桌布、餐巾等。

六月裏舉行了婚禮，婚宴設在馬家花園裏，最後還由羅萊提議，開了個即興舞會，為這不時髦的婚禮潤了色。人人跳得氣喘吁吁，但很盡興，而且終生難忘。最後，瑪琪手捧鮮花，依偎着丈夫，靜靜地從老屋走向新居，六月的陽光照亮了她幸福的臉龐——就這樣，瑪琪的新婚生活開始了。

第十六章

喬的支票

知識泉

教區：天主教主教管轄的宗教事務行政區，新教的一些教會也用來作宗教事務行政區的名稱。

過去的三年光陰僅僅給馬家這個安寧的家庭帶來少許的變化。戰爭已經結束，馬先生平安回家，埋頭讀書，忙於小教區的事務。他的性格和風度顯示出他天生是個好牧師，人們願意向他傾訴自己的心事，視他為知心朋友。

馬太太顯老了一些，但依然生氣勃勃，精神飽滿，常去醫院和收容所照顧傷病員和**鰥寡孤獨**[①]。為了籌辦瑪琪的婚事，她曾全力以赴，以至中斷了一陣這種慈善性的探訪。

喬再也沒回到姑婆那裏去，因為老太太賞識艾美的繪畫天才，提出要請當今最好的老師來教她繪畫，這樣艾美就得去伺候她了。艾美上午去盡義務，下午

[①] **鰥寡孤獨**：泛指喪失勞動能力而又無依靠的人。寡是指喪夫者，鰥是指喪妻者。

則去享受繪畫的樂趣，工作和學習兩不誤。喬全副心思用在文學和貝絲身上。貝絲自大病以後身體一直虛弱，臉色沒以前那樣紅潤了；然而她還是那樣滿懷希望，幸福而寧靜，默默地忙這忙那。她是每個人的朋友、家庭中的天使。

羅萊為讓爺爺高興，順從地去上了大學。他盡可能地以最輕鬆的方式完成學業而不使自己失去快樂。勞倫斯老人對他既嚴厲又不失疼愛，馬太太照顧他如同對親生兒子，而那四位天真無邪的姑娘全都如姐妹似地愛他、敬重他、信賴他。羅萊的生活真是充滿了璀璨的陽光。

喬繼續向那家報紙投稿。上次的處女作沒有稿酬，只是刊登了作者的名字作為對新人的鼓勵。之後就是一美元一篇，喬很知足，覺得自己是個有收入的女人，勤奮地編造着這些她自己稱之為「廢話」的故事。但是，她那忙碌的腦袋和發熱的思想卻醞釀着偉大的計劃。閣樓上她那舊錫盒裏，墨漬斑斑的手稿在逐漸增加着，將來有一天它們會使

知識泉

錫盒：用錫盒金製成的盒子。錫為一種金屬，常見的白錫為銀白色，富有延展性，在空氣中不易起變化，其合金用以製一些工藝品。

馬喬的名字載入名人錄。

喬沒把自己看作天才，然而一旦來了寫作衝動，她便投入全部身心——她會把自己關在屋裏，穿上她的塗抹工作服，那是一條黑色的羊毛圍裙，可以隨意在上面擦拭鋼筆。還有一頂同樣質地的帽子，上面裝飾着一個紅蝴蝶結。在家人們眼裏，這頂帽子是個信號，觀察它的動靜就可判斷喬寫作的進展：若是帽子低低地壓在喬的前額，表明她正在苦苦思索；寫到激動時，帽子便會時髦地斜戴着；文思枯竭時，帽子便給扯下來了。在這種時刻，誰都不敢去惹她。但是總的來説，喬活得極快樂，一旦坐下來進入她的想像世

界，便感到平安、幸福，感到活得有意義。

一次，她陪克拉克小姐去聽一個關於金字塔的講座。她們去早了，喬坐在那裏打量着周圍的人。在她右邊坐着一個看來很好學的小伙子，正在專心地讀報。喬一眼瞥去，見他在讀一篇故事，還配着誇張的插畫。那小伙子停下來翻頁時，見喬也在看，便遞給她半張報，說：「想看嗎？那可是一流的故事。」

喬謝了他，接過來讀了。這個故事屬於那種熱情奔放的通俗文學，裏面有錯綜複雜的愛情情節、神秘事件和兇殺案。

「棒極了，是不是？」小伙子問。

「我看，假如要寫的話，你我都能寫得這麼好。」喬回答說。

知識泉

金字塔：古代埃及、美洲的一種建築物，是用石頭建成的三面或多面的角錐體，遠看像漢字的「金」字。埃及金字塔是古代帝王的陵墓。

通俗文學：淺顯易懂，適合一般人的水平和需要的文學作品。

「要是我能寫的話，就太幸運了。聽説她寫這種故事賺了很多錢。」小伙子指着作者名字説，「她知道人們愛看什麼。」

這話引起了喬的興趣，台上教授的講話她一個字也沒聽進去。她偷偷抄了下報紙的地址，報上刊有一則啟事，徵集轟動一時的故事，並提供一百美元的獎金，喬決心大膽一試。

第二天她就開始工作。她從未寫過這種風格的東西，以前寫的都是些非常柔和的浪漫傳奇。但是她的戲劇表演經驗和廣博的閱讀派上了用場，使她在作品裏加入很多**戲劇性**①效果。故事的場景設在里斯本，以一場驚心動魄的地震作結束。她悄悄寄走了手稿，對誰也沒説。

知識泉

里斯本：葡萄牙首都及政治、經濟、文化中心，在特茹灣北岸，是全國第一大港，有很多古跡。

六個月的等待是段很長的時間，她開始放棄再見到手稿的希望了。這時，來了一封信，一拆開信，一張百元支票落在她膝上。喬先是大吃一驚，然後激動得哭了。

①**戲劇性**：像戲劇情節那樣曲折、突如其來或激動人心的，以達到吸引人的效果。

全家人知道她獲獎後震驚不已，繼而少不了狂歡慶祝。故事發表後大家看了，大加讚賞。不過爸爸說：「喬，你能寫些更好的東西，千萬別去在乎錢。」艾美望着那張支票歎道：「我倒覺得這件事最好的部分是錢，這麼多錢你怎麼花呀？」

「讓貝絲和媽媽到海邊度假兩個月！」

度假回來，貝絲面色變紅，身體好多了；馬太太聲稱自己年輕了十歲。喬對獎金投資很滿意，情緒飽滿地又開始寫作，一心要多掙些令人愉快的支票。那一年，她確實掙了不少，並開始意識到自己在家中的分量。因為通過筆的魔力，她的「廢話」使全家人過得很舒適。《公爵之女》付了買肉錢，《幽靈的手》鋪下了一條新地毯，《考文瑞的咒語》讓馬家過上了豐衣足食的小康生活。喬不再羨慕那些有錢的女孩，她從自己的奮鬥中感到真正的愉快。

她的第一部小說也寫成了，但在出版時按出版商要求砍掉三分之一，得了三百美元，銷路不錯，同時也得到了許多讚揚和批評。喬說：「這些對我都是有益的，等我準備好了，我會寫些別的。」

第十七章

小主婦的苦惱

像大多數年輕主婦一樣，瑪琪帶着當個模範管家的決心，開始了她的婚姻生活。

他們親暱地稱自己那幢小屋為「鴿屋」，意思是小而舒適的愛巢。瑪琪對家務傾注了無數的愛心、精力與誠心，應該讓約翰感到家像伊甸園，看到妻子笑臉常開，日子過得舒心，若是衣服上的鈕扣掉了，就及時釘上，決不讓他察覺。為此，瑪琪常常忙得疲倦不堪，甚至有時累得笑不出來——吃了美味佳餚，約翰反弄得消化不良，忘恩負義地要求吃清茶淡飯；剛給他釘上的鈕扣，不知又飛到哪去了，不得不威脅說要他自己釘！

知識泉

伊甸園：猶太教、基督教聖經中指人類祖先居住的樂園。

菜譜：介紹菜餚製作方法的書。

瑪琪非常熱衷烹調。她按照菜譜的吩咐，耐心細緻地解決烹飪疑難，成功了就邀請全家人過來吃掉豐

盛的宴席，失敗了便私下派女傭把食物送給小赫墨爾們去吃，以便掩人耳目。作為她這種烹飪實驗的犧牲，接下來一段的節儉日子裏，可憐的約翰只能吃麪包布丁和大雜燴了。

過了不久，瑪琪的興趣轉向了製作果凍。因為約翰很喜歡吃果凍，屋前的小花園裏那大片大片的醋栗也已經成熟，他倆打算讓自家惟一的果實以最悅人的形態貯存起來過冬。於是約翰訂購了一打小壜子，買了半桶糖，又僱了個小工來為瑪琪摘醋栗。瑪琪繫上圍裙在廚房裏忙了一整天，煮呀、濾呀、拌呀，竭盡全力地做，絞盡腦汁回想以前見到哈娜是怎樣做的，她重覆又重覆，可是那討厭的果醬就是不結凍！

偏偏這晚約翰帶了個朋友斯科特回家來吃飯，迎接他的不是快活的嬌妻和可口的飯菜，而是凌亂的廚房、燒焦的果醬和沮喪地抽泣着的瑪琪。

知識泉

大雜燴：用多種菜合在一起燴成的菜餚。

醋栗：又名燈籠果、水葡萄、茶藨子。落葉小灌木，呈紅、綠、黃或紫褐等色，可生食或製醬、汁、酒，種子可榨油。

壜子：口小腹大的陶器，多用來放在廚房盛放酒、醋、醬油等作料。

約翰大笑着說：「把這些果醬都扔到窗外，別再煩心了。我帶了斯科特來吃飯……」

心煩意亂的瑪琪終於發作了：「帶人來吃飯？你怎能不通知我一聲？不知道我在忙嗎？今天我本想上媽媽家去吃的。你自己解決吧，我不管！」她扔掉圍裙，躲進卧室去了。

約翰很生氣，但是沒有表現出來，他用現成食品熱情周到地招待了客人。送走客人回來時，他想平靜地與可憐的小妻子談談，但自尊使他沒有這樣做。兩人都裝作平靜而堅定，但心中極不舒服。

天哪！瑪琪想道，真像媽媽說的，結了婚的日子真難過，真的既需要愛情，又需要巨大的耐心。馬太太曾為她指出：約翰是個好人，但也有他的缺點，他個性強，但絕不固執己見，要友好地和他講道理，不要急躁地反對他。他有脾氣，極少發作；但一旦發火，就極難撲滅。要非常小心，別引火燒身，假如你倆都犯了錯，你要首先請求原諒，**慪氣**[1]會把事弄

---

[1] **慪氣**：鬧別扭，生悶氣，使人不愉快。

糟。

想到這裏，瑪琪放下針線，走到約翰身邊，俯身在他額上吻了吻，這悔恨的吻勝過千言萬語，一切解決了。約翰摟着她求她原諒，兩人一起笑那不結凍的栗果醬，説那是最甜的果凍。

到了秋天，瑪琪又面臨了一場新的考驗。莎莉恢復了和她的友誼，常來小屋閒談，或是邀請瑪琪到她的大屋去玩。這正好解了這位小婦人的悶，所以瑪琪常和她來往。當瑪琪見到莎莉的一些豪華物品，自是非常羨慕，渴望也能得到，並為自己得不到而感到可憐。莎莉很友好，常常提出送她一些她想要的小玩意兒，可是瑪琪謝絕了，她知道這樣約翰會不高興。後來，這個傻乎乎的小婦人還是做了件讓她丈夫更不高興的事。

約翰不僅把自己的幸福交付給她，而且將一些男人更看重的東西——錢，也交給了她。他只是要求她把花去的每一分錢都記賬，每月交一次賬單，記住自己是個窮人的妻子。瑪琪一直做得很好，精打細算，小賬本記得清清楚楚。然而，那個秋天，蟒蛇

知識泉

夏娃：聖經故事中亞當的妻子。傳說上帝創造了人類始祖亞當和夏娃，專為他們在伊甸造樂園居住，後來兩人受了蟒蛇的誘惑吃了禁果，上帝將他們驅逐出園，並派天使把守道路，不讓後人重新尋見此園。

溜進了瑪琪的伊甸園，像誘惑許多現代夏娃一樣誘惑了她：她不願被人可憐，也不願因之顧影自憐，所以跟莎莉一起逛街時，也就常買些可愛的小玩意兒。第一個月的支出總數增加了，約翰因為忙，沒查賬；第二個月他出差了。第三個月結賬前，瑪琪受不了誘惑，用五十元買了一段可愛的紫羅蘭色絲綢。雖然很快她會收到姑婆在新年送出的二十五元，但還要在家用中抽二十五元。那天晚上約翰拿起賬本時，瑪琪的心直往下沉，第一次害怕起丈夫來。

瑪琪主動說了這事，屋裏寂靜無聲，約翰控制着自己，慢慢說道：「用五十美元來買絲綢似乎太多了，何況還要花錢做成衣服呢。」

瑪琪忘了這點，她簡直不知所措了：「我知道你會生氣，我實在忍不住，我厭倦了貧困。」

約翰被深深刺痛，他聲音發顫地說道：「我就擔

心這個，我盡力吧，瑪琪。」

約翰變得沉默了，他晚上也出去工作，很遲回家，又取消了自己新大衣的訂貨。瑪琪傷心極了，她與丈大作了次長談，懂得了丈夫雖窮卻是個真正的男子漢，貧窮給了他奮鬥的力量和勇氣，教會他溫柔地去容忍所愛的人犯的過失。這是位多好的丈大啊，瑪琪不忍心再傷害他了。第二天她去莎莉家，告訴了實情，請她幫忙買下了那段絲綢。然後瑪琪為約翰買了那件新大衣回家，可以想像，約翰是怎樣欣喜地接受這件禮物。

到了仲夏，瑪琪又有了新的經歷，女人一生中印象最深、充滿柔情的經歷——她當上了母親，誕下一對可愛的龍鳳胎，起名為黛西和德米。

知識泉

龍鳳胎：同一胎內兩個嬰兒，兩人同一胎出生的是雙胞胎，若是兩個嬰兒是一男一女，則稱為龍鳳胎。

第十八章

紐約的生活

　　一天，馬太太收到卡羅爾嬸嬸的一封信，說她要去歐洲旅行一次，想要艾美與她作伴。信上還說，她本來是打算請喬的，但是喬有次在她面前說過「恩惠給我負擔」，還說她討厭法語，所以還是懂法語又溫順的艾美合適些。

> **知識泉**
>
> 嬸嬸：也叫嬸母，叔叔的妻子。
>
> 領結：穿西服時，繫在襯衫領子前的横結，通常為男子用，女孩也用以裝飾。

　　喬知道後痛哭了一場，抱怨自己說過的那些倒霉話。但她還是打起精神為艾美縫製新領結，收拾行裝。艾美乘船出發了，帶着一個藝術家的眼光去探尋那神奇美麗的東半球。

　　貝絲已經十八歲了。馬太太發現最近貝絲似乎有了心事，她常常獨自坐着，不與人說話，愛唱悲哀的歌。馬太太與喬說了，喬也不知情，但她答應觀察探究一下。

　　一個星期六下午，喬和貝絲單獨在一起，喬假

裝忙着，但注意着貝絲。忽然窗外有個人吹着口哨走過，只聽得他說：「一切都好，我今晚來！」貝絲側過身去，微笑着點點頭，注視着他的身影消失，然後自言自語地輕聲說：「那可愛的男孩是多麼健壯、多麼快樂啊！」她的臉上浮起一片紅暈，又偷偷地滴了兩滴眼淚。喬找個藉口回到自己房裏，為自己的發現大吃一驚——貝絲愛上了羅莱！她陷入深思。

年輕又富有的羅莱被世俗的母親們當作最適當的嫁女對象，他也頗得女孩們的歡心，還備受老少女士們的寵愛。幸運的羅莱越來越像個花花公子了，在大學裏，他大概每月戀愛一次，每星期回來時，他都把這些熾烈卻短暫的戀情向喬傾訴。最近，他卻顯出一種專心一意的熱情，偶爾又處於一陣陣憂鬱心境中。他給喬寫冷靜的便條，人也變得用功了，並宣稱要好好鑽研學問，以優異成績光榮畢業。全家人都普遍感到「我們的男孩」越來越喜歡喬了，喬對此事一個字也不願聽，她討厭「調情」，不想做這些「不理智的胡鬧事」。

知識泉

花花公子：指富貴人家中不務正業，只知吃喝玩樂的子弟。

如今，喬覺得貝絲在愛羅莱，便很擔憂。羅莱和

知識泉

風向標：指示風向的儀器，一般是安在高杆上的一枝鐵箭，鐵箭可隨風轉動，箭頭指向風吹來的方向。

風向標一樣不穩定，假如他不愛貝絲，那會多可怕！她又覺得，也許自己會是這件事的最大障礙，不如避開一陣為好。

考慮幾天後，喬便向媽媽談了她的一個計劃：「今年冬天，我想離家到別處去換換環境。」

「為什麼？」

「我想見點世面，多做些事，多學點東西。」

「你往哪裏飛呢？」

「紐約。你的朋友柯克太太不是寫信問你，有沒有品行端正的年青人願教她的孩子，我想我會合適的。」

「這倒是。這是你要走的惟一原因嗎？」

喬突然臉紅了，慢慢地說：「我恐怕……羅莱越來越過於喜歡我了。」

「這是很明顯的，難道你不喜歡他？」

「不，我一向喜歡那可愛的男孩，可是說到別的，那不可能！」

媽媽欣慰地說：「那我很高興。喬，我認為你

們兩人不合適，你倆太相像了，脾氣**火爆**[1]、個性堅強，作為朋友能快樂相處，終身結合在一起，兩人都會反抗。婚姻需要容忍和克制。」

為了羅萊，馬太太同意喬暫時離開。

柯克太太親切地接待了喬，把她安置在小閣樓上。柯克太太的大房子裏住着不少房客，他們一起用餐。

第一天，喬就見到房客裏有一位四十來歲的德國人，他身體健壯，有一頭亂蓬蓬的棕髮，鬍鬚濃密。雖然他衣着破舊、相貌平凡，但喬很快就喜歡上他，他是巴爾教授，在家教學生德語。他的目光親切，很有紳士風度。喬看見他如何幫一個小女僕扛一筐煤到頂層，又如何溫柔地為洗衣女工的小女兒講故事。聽說他很有學問，為人很好，可是一貧如洗，授課養活自己和兩個孤兒姪子。

一天，喬幫柯克太太為巴爾整理房間時，見到他把破襪子補得走了形，便開始偷偷地為他縫補衣服，不讓他知道。可是還是被他捉住了一次，為了回報她

[1] **火爆**：也作火暴，指脾氣暴躁、急躁，容易發脾氣。

的好意，巴爾開始教喬學德語，兩人成了朋友。

喬過得很快樂。每日負責教兩個可愛的小女孩，為自己掙得了麪包；同時她還抽時間從事文學創作，想以此為家裏添置許多生活用品，使貝絲要什麼有什麼，讓自己可以出國旅遊……這些是喬多年來最珍視的空中樓閣。

喬寫的純文學作品不受歡迎，便開始寫轟動小説。在那時，即使是十全十美的美國人也讀通俗作

品。喬曾寫了篇故事送到《火山周報》編輯部，編輯主任刪掉了她挖空心思放在裏面的道德部分，說：「人們想得到樂趣，不想聽說教，現在道德沒銷路。」

每篇故事能得到二十五美元的稿酬，喬認為相當不錯，就按照他的指示寫了起來，條件是不要刊登她的名字。

知識泉

空中樓閣：海市蜃樓，原意是指大氣中由於光線的折射作用而產生的一種自然現象，夏天在沿海一帶或是沙漠地方可以見到空中或地面以下有遠處景物的影像，現多用來比喻虛幻的事物或脫離實際的理論、計劃等。

喬一頭扎進淺薄的通俗文學之海，多虧巴爾提醒了她。巴爾有次向喬說到《火山周報》時說：「我希望這種報紙別進入這座房子，它既不適合孩子，也不適合年輕人，我忍受不了這些低俗的文章。我寧可給孩子玩火藥，也不給他們看這些垃圾。」

喬的臉紅了，她說：「並不是所有的通俗文學都不好。

知識泉

威士忌：一種用大麥、黑麥或攙用玉米為原料，加麥芽糖化後，用酵母發酵，經蒸餾而製成的酒，酒精含量百分之三十至七十。

假如有人需要它，我看滿足他們的要求也不是壞事吧！」

「有人需要威士忌，我想你我都不會賣它。」

喬很尊重巴爾教授的美德和才智，也希望能得到他的尊重，希望自己能配得上做他的朋友。她回到自己屋裏，把刊登着自己所寫故事的那疊報紙扔進了火爐，三個月的工作化成了一堆灰燼和放在膝上的一堆錢。她停止了寫作，決心學習一段日子後再動筆。

喬在紐約度過了漫長的冬天。六月初，她動身回家了，巴爾送她到車站。一張親切的笑臉和一束紫羅蘭使喬在孤獨的旅途中一直沉浸在溫柔的回憶中。她幸福地想：嗯，冬天過去了，我一本書也沒寫，也沒發財，但是我交了一個很值得相處的朋友，我要努力一輩子享有他的友誼。

第十九章

傷心事

羅萊以優異的成績大學畢業了，馬家全體成員陪勞倫斯老先生參加了畢業典禮。羅萊的拉丁語演説十分優雅，親友們都帶着發自內心的讚賞之情為他狂喜。典禮之後，羅萊送大家上馬車時説：「我得留下來參加晚宴，明天一早回家，姑娘們，你們能像平常一樣來接我嗎？」

知識泉

拉丁語：屬印歐語系羅馬語族，古代羅馬人所用的語言，已消亡。隨古羅馬的擴張而傳布到歐洲西南部各地，又隨羅馬帝國的崩潰而分化成法語、意大利語、西班牙語等。中世紀西歐各國曾以拉丁語為宗教、文化、科學研究等方面的共同書面語。

他説「姑娘們」，其實指的是喬，只有喬保持着每周來接他回家的習慣。可是這次喬臉上的神色突然恐慌起來：天哪，我知道他要説什麼了，我怎麼辦呢？

第二天，喬接了羅萊一起走。當他們從大路轉入一條林蔭小路後，羅萊放慢了腳步，話也不流暢了，喬知道可怕的時刻來到了。當羅萊望着她時，她急急說：「不，羅萊，請你別說！」

「我要說，你必須聽我說。我們得說出來，越早越好。喬，自從我認識你，我就愛上了你，簡直沒有辦法。我想表示出來，可你不讓。我不能再這樣下去了，給我個答覆！」

「我想你已了解我的意思……」

「這沒用，我反而更愛你了。為了討你的歡心，我努力學習，我不打台球了，不抽煙了，你不喜歡的事我全放棄，我希望你會愛我，喬！」

知識泉

台球：一種球類運動，在特製的長台上，用硬木製成的長杆擊球入四角的洞。也叫彈子戲、撞球戲。

「你對我非常好，我那麼為你驕傲，也喜歡你。不知為什麼，我不能像你要求的那樣愛你。我試過，但我的感情改變不了，我不能說謊。」

喬在草地上坐下，認真地說：「羅萊，我想告訴你一些事。」

羅萊吃了一驚，大聲叫道：「別告訴我，我現在受不了！」

「你知道我要告訴你什麼？」喬不懂他為何這麼

激動。

「你愛那老頭。」

「哪個老頭？」她以為羅萊指的是他爺爺。

「那個你寫信常提到的魔鬼教授！」

喬抑制了笑：「別罵人。他不老也不壞，他善良、和藹。除了你，他是我最好的朋友。但我一點也沒想過要愛他或是愛別人的。」

「可是以後你會愛他的，那我怎麼辦呢？」

「你也會愛上別人的，忘掉這些煩惱吧。」

「我不會愛別人的了，我永遠也忘不了你，喬，永遠！」他一跺腳，加強激昂的語氣。

喬拉他坐下，輕輕撫着他那卷曲的頭髮説道：「我贊同媽媽的看法，我倆不合適，我們的急躁脾氣和堅強個性可能會使我們非常痛苦。我不會用我們的幸福來冒險，讓我們一生做好朋友吧。你會找到一個有教養的好姑娘，成為你漂亮房子裏的女主人。我不會，我不漂亮，笨手笨腳，又古怪又老。我想我以後不會結婚的。我這樣很幸福，我太愛自由了，不會放棄它。」

羅萊插話了：「我知道得更清楚。有那麼一天你會狂熱地愛上一個人，為他生為他死，而我卻不得不在一邊旁觀！」他一臉絕望。

喬失去了耐性，大聲叫道：「是的，我會這樣，只要他來到我身邊。你必須盡力解脫！你放理智些，這樣纏着我索取我不能給的東西，太自私了！我將永遠喜歡你，但不會和你結婚！」

羅萊看了她一會，用一種決絕的語調說：「你有一天會後悔的，喬！」轉身走了。

喬直接去找勞倫斯老先生，勇敢地把這難以出口的事情經過告訴了他。那和善的老先生雖然很失望，卻沒說一句責備的話。他很難理解竟有女孩子不愛羅萊，但他也明白愛是不能勉強的，因此他只是悲哀地搖着頭。

知識泉

《悲愴奏鳴曲》：德國作曲家貝多芬（1770-1827）的作品。

羅萊回家時，精疲力竭但相當鎮靜。他坐到鋼琴前彈起了《悲愴奏鳴曲》，在花園散步的喬和貝絲聽到了。惟有這一次，喬對音樂比妹妹理解得好，聽得她直想哭。

老先生決定要帶孫子暫時離開這個傷心地，便提議一同去歐洲旅行：「我去拜訪倫敦和巴黎的朋友，

你可以去意大利、德國、瑞士，去你想去的地方，盡情欣賞繪畫、音樂和風景。」他們很快就打點好一切動身了。

臨別時羅萊擁抱了喬，再一次問道：「哦，喬，難道你不能……」

喬打斷了他的話：「親愛的，我真希望我能。」

羅萊挺直身子說道：「好吧，沒關係。」什麼也沒說便走了，再也沒有回頭。喬知道，她的男孩子羅萊是不會再回來的了。

那個春天喬回到家時，貝絲身上的變化使她大吃一驚。貝絲的臉和秋天時一樣蒼白，而又瘦削了些。喬帶她再次去海邊靜養，姐妹倆形影不離，彷佛本能地感覺到她們永久的分離為期不遠了。

一天，她倆躺在海灘上。貝絲的手是那樣虛弱，甚至拿不住一隻小海螺。喬痛苦得流下了淚。貝絲溫柔地說：「喬，你已知道了我將離去。去年秋天我就想告訴你的。」

「可那時我還以為你在愛着羅萊呢，所以我離開了，因為我

知識泉

海螺：海裏產的螺的統稱。軟體動物，體外包着錐形、紡錘形或扁橢圓形的硬殼，上有旋紋。硬殼可作工藝品。

不能愛他。」喬叫道。

貝絲大為驚奇：「喬，他是那麼喜歡你，我怎麼能那樣？我只是把他像哥哥一樣地愛着罷了。」

喬流着淚說：「貝絲，你必須好起來。」

「我想我的健康是恢復不了的了，我希望你們不要太傷心，讓我能離開得安心一些。」姐妹倆緊緊擁抱在一起。

家人接受了這不可避免的事實，他們都盡力讓貝絲最後的日子過得快樂，喬更是無微不至地照顧着她。貝絲像往常一樣寧靜、忙碌，製作一些小禮品送給窮孩子，直至她的手指再也拿不起針線。一個春末的黎明，她靜靜地咽了氣。

第二十章

收穫季節

聖誕節那天下午，羅萊在尼斯市的海濱邂逅了艾美。

艾美駕着一輛小馬車去郵局取信，見到在散步的羅萊，高興極了，便一把將他拉上了馬車。

「有那麼多話要說，不知從哪說起。你爺爺好嗎？你們去過哪些地方？」艾美問道。

羅萊告訴她，他們在巴黎分開後，他漫遊了歐洲大陸，還去了希臘，昨夜來到尼斯。艾美發現他已不是以前那個滿臉歡笑的男孩了，變得老成、嚴肅，帶點鬱悶，但總的來說是位英俊瀟灑的青年。羅萊打量艾美，覺得她變化很大，雖然還像以前一樣活潑得體，但儀態中增添了一種優雅的風度。他倆在山頂上玩了一會兒，晚上又一起參加了聖誕舞會。

羅萊本來打算只在尼斯呆一個星期，但見到艾美後卻改變了主意。而且艾美也對他特別依戀，感到他

代表着親愛的家人，兩人就自然地結伴遊玩，尋求安慰。如此，羅萊在尼斯住了一個月。

他的離去是因為艾美有次狠狠批評了他：「你想知道我對你的坦率看法嗎？我看不起你！你有各種機會成為善良、有用、幸福的人，卻遊手好閒。來國外六個月了，啥事不幹，只是浪費金錢和時間，使你的朋友們失望。喬看到你這樣子會怎麼說呢？」

提到喬，羅萊很激動，敏感的艾美這才知道了羅萊頹喪的原因，便鼓勵他說：「為什麼不去做些出色的事，使她愛上你呢？不能被人愛，也要被人尊重啊。」

這些話對羅萊的刺激很大，第二天他就給艾美留了張便條，回爺爺那裏去了。他決心「掩藏起受創的心靈，繼續苦幹。」要使喬尊重他讚賞他。他想如歌德那樣，有了歡樂和痛苦就放進歌中，便着手作曲、寫歌劇，雖然不怎麼成功，但日子過得暢順了。他發現自己一天天輕鬆起來，心頭的傷痛迅速地癒合了。對喬那孩子氣的熱情已慢慢降為較平和柔弱的兄長般的感情，這反而使他感到平靜和幸福。

羅萊開始給艾美寫信，艾美確實十分想家，很高興這位兄長不記恨她説過的尖鋭的話，反來聯絡她。他們信件來往頻密，內容豐富，艾美為他製作迷人的

小禮物，還寄去優美的風景畫習作。得到貝絲去世消息時，艾美和嬸嬸在瑞士，她心頭十分沉重，渴盼羅萊能來安慰她。

羅萊來了，艾美高興地撲向他。艾美感到沒有誰能像羅萊那樣好地安慰她支撐她；羅萊認為艾美是世上惟一能代替喬使他幸福的女子。兩人都感到了這事實，可是那決定性的一句話是在一天上午在湖上泛舟之時才說出的。他們兩人並肩坐在船頭，艾美説：「我們划得多好啊，是不是？」

「非常好。但願我們能永遠地在一條船上划槳，願意嗎？艾美？」

「願意，羅萊。」回答的聲音很低。

他們在巴黎的美國領事館註冊結了婚，然後和爺爺一起回來，給馬家一個驚喜。

那些日子，喬起初是為貝絲的離去而心痛欲絕，似乎一切光明、溫暖、美好的東西都隨貝絲而去，留給她的只是孤獨與悲傷，煩惱和沉重的工作。那是些黑暗、痛苦的日子。

「你為什麼不寫點東西呢，以前那總會使你快樂的。」媽媽建議道。

喬便又坐在了書桌旁，她寫出了一篇故事《我的貝絲》，打動了很多讀者，獲得很多人來信讚賞，雜誌社要求她再多寫些。爸爸説：「故事裏有真實的東西，喬，你終於找到自己的風格，你沒想着名譽和金錢，而是用心在寫，這是你成功的秘訣。」喬很受感動。

艾美他們的回來給全家一陣狂喜。勞倫斯先生和

以前一樣老當益壯，旅遊使他更精神了，他慈祥地稱一對新人為「我的孩子們」。羅萊是一臉幸福；艾美打扮入時，一舉一動都文雅端莊、親切動人。喬觀察着他們，心想：他倆在一起多麼匹配啊！看來我的決定是對的。

在喬二十五歲生日的前夕，上天給了她一個意想不到的驚喜——

響起了敲門聲，喬去開門。一個留着小鬍子的高個子先生站在門口，像是午夜的陽光，在黑暗中朝她微笑着！

是巴爾！其實早在紐約柯克太太家的時候，巴爾就愛上了充滿青春活力的喬，但他一直不敢對喬作出表示。不久前，他從報上讀到喬的一首詩，知道了她的孤獨、痛苦，便下決心來找喬。他想：我心中充滿了對她的愛，我應該去安慰她，給她力量！

喬高興極了，她向全家人介紹了巴爾，她的表情和語調帶有不可遏止的自豪與快樂，使羅萊馬上知道這位陌生人是來求婚的。

大家很快就喜歡巴爾了，不僅是因為喬的緣故。

巴爾好似有一種魔法，能打開所有人的心。

經友人介紹，巴爾到西部一間大學去當教授。他與喬約好，大家工作一年積些錢再辦婚事。後來，馬姑婆去世了，把偌大的梅園留給喬，喬和巴爾就辦了一個家庭般的學校，收容孤兒。勞倫斯先生常常介紹孩子入住，並加以當然的資助。馬先生和巴爾很高興在校內實施他們的教育法。巴爾和喬不久也有了自己的兩個兒子，喬成了個十足的幸福婦人。

最愉快的是每年一度摘蘋果的時候，幾戶人家全體出動幹上一整天。傍晚，大家坐在樹下休息進餐，教授開始領唱，一棵棵樹間迴蕩着看不見的合唱隊的歌聲，男孩們躲在樹上用心地唱着，這真是個別出心裁的大合唱節目。

甜美動聽的歌聲激動着每個人的心。馬太太伸開雙臂，彷彿要把她的兒孫們全都抱過來。她的表情和聲音裏充滿了母親的慈愛：「哦，我的姑娘們，不管你們今後怎樣，我想，沒有什麼比這更幸福了！」

故事討論園

1. 你認為馬家四姊妹與母親的關係如何？

2. 如果要你像馬家四姊妹般送一份禮物給母親，你會送什麼？為什麼？

3. 如果你是喬，你會像她一樣犧牲自己寶貴的東西（例如：一頭長髮）來幫補去華盛頓見爸爸所需的旅費嗎？

4. 馬家四姊妹的性格各異，你最欣賞誰？為什麼？

5. 你喜歡馬家最後的結局嗎？為什麼？

6. 如果讓你改寫故事結局，你會怎樣改寫？

獨立戰爭

故事中提到馬家四姊妹的父親被派到戰場上作戰，原來故事發生於美國南北戰爭期間。你知嗎，美國得以立國也是源於一場戰爭啊！這就是1775-1783年的獨立戰爭了。

獨立戰爭又稱為美國革命戰爭。為什麼說獨立呢？因為美國在立國以前是英國管治下的十三個北美殖民地。當時，英國以高壓方式管治各殖民地，對當地開徵重税，又不斷奪取經濟資源，令人民非常不滿。當中以波士頓的人民反抗最激烈。北美人民組成北美軍對抗英國軍隊，北美軍後來又得到法國、荷蘭、西班牙等國家的幫助，最後成功推翻英國統治，組成美利堅合眾國，由聯邦政府統治。

露意莎・梅・奧柯特

(Louisa May Alcott) (1832-1888)

是美國著名小說家，1832年11月29日生於美國賓夕法尼亞州的傑曼鎮。

露意莎的父親是一位著名教育家，曾在傑曼鎮和波士頓市建立學校，與名學者愛默生、霍桑、梭羅等人交往。後因辦學失敗轉而研究哲學，家庭陷入困境。露意莎自幼嘗到貧困滋味，年青時就外出工作幫補家庭，到學校教書、做女裁縫、做洗熨工作。南北戰爭爆發後，她參軍作護士，後來把這段時期的所見所聞寫成《醫院隨筆》一書，出版後好評如潮，奠定她在文壇的地位，但也不幸在此期間染上腦膜炎，之後一生與病魔博鬥。1868年，露意莎三十六歲時，以自己家庭為藍本寫成《小婦人》，大受美國少男少女歡迎。書中的馬夫人是露意莎母親的真實寫照，勞倫斯老人取材自外祖父，羅萊是虛構人物，喬則是作者本人的化身。

露意莎成為知名作家後，經濟狀況也得到改善，使她能安頓好家人的生活，自己就周遊列國，並寫作不輟，陸續出版了《八個表兄弟》、《好妻子》、《喬的男孩們》、《頑固的少女》等作品，確立了家庭小說的地位。

露意莎終身沒嫁。1888年逝世，終年五十五歲。

新雅・名著館

小婦人

原　　著：露意莎・梅・奥柯特〔美〕
撮　　寫：宋詒瑞
繪　　圖：Chiki Wong
策　　劃：甄艷慈
責任編輯：張可靜
美術設計：何宙樺
出　　版：新雅文化事業有限公司
香港英皇道 499 號北角工業大廈 18 樓
電話：(852) 2138 7998
傳真：(852) 2597 4003
網址：http://www.sunya.com.hk
電郵：marketing@sunya.com.hk
發　　行：香港聯合書刊物流有限公司
香港新界大埔汀麗路 36 號中華商務印刷大廈 3 字樓
電話：(852) 2150 2100
傳真：(852) 2407 3062
電郵：info@suplogistics.com.hk
印　　刷：中華商務彩色印刷有限公司
香港新界大埔汀麗路 36 號
版　　次：二〇一七年四月二版

ISBN: 978-962-08-6764-4

18/F, North Point Industrial Building, 499 King's Road, Hong Kong
Published and printed in Hong Kong